죽음에서 돌아와,
모든 것을 구하고자
최강에 도달한다
2
HE CHALLENGES THE FIGHT FATEFULLY.
[저자] shiryu [일러스트] 테시마nari。

He lost all his important things.
As he respawn, he aims
for the invincibility to save
everything.

CONTENTS

HE CHALLENGES
THE FIGHT FATEFULLY.

He lost all his important things. As he respawn, he aims for the invincibility to save everything.

죽음에서 돌아와, 모든 것을 구하고자 최강에 도달한다

②

HE CHALLENGES THE FIGHT FATEFULLY.

[저자] shiryu [일러스트] 테시마nari。

CHARACTERS

에릭 아울린 —— 과거로 전생해, 한 번 잃었던 모든 것을 지키고자 분투한다.

티나 아울린 —— 에릭의 소꿉친구.

이레네 하루지온 —— 에릭의 전생의 연인.

크리스토퍼 레오 베고니아 —— 베고니아 왕국의 왕자.

예레미아스 아스타라 —— 베고니아 기사단 단장.

레오나르도 카를로 베고니아 —— 베고니아 왕국의 국왕.

안네 벤딕스 —— 베고니아 마법 기사단 단장.

비비아나 스파노 —— 베고니아 마법 기사단 부단장.

리베르토 코랄레스 —— 베고니아 기사단 부단장.

유리나 카슈팔 —— 베고니아 기사단의 기사.

엘레나 밀우드 —— 베고니아 기사단의 기사.

프롤로그 PROLOGUE

「아울린」에서 출발한 지 수십 분이 지났다.

이미 마을 사람들이 배웅하며 외치던 소리는 들리지 않았다.

예레 씨와 부하 두 명이 묵묵히 숲길을 앞서가고 나와 티나는 그 뒤를 따라갔다.

나는 베고니아 기사단, 티나는 마법 기사단에 들어가기 위해서 마을을 떠나 왕도로 가기로 결심했다.

마을 사람들이 배웅할 때는 그만 눈물을 보였던 나도 지금은 덤덤하게 걷고 있었다.

"……에릭, 다 울었어?"

"안 울었어."

"다 봤는데 거짓말은. 아까 울었으면서."

"잘못 봤겠지."

"잘못 보긴 뭘! 우는 에릭, 귀여…… 귀여웠어!"

"결국 말할 거면 도중에 왜 끊었어? 그리고 안 울었다고."

티나의 집요한 추궁을 끝까지 피했다.

……정말로 피해졌는지는 의문이지만.

이대로 조금만 더 가면 숲이 끝나고 왕도까지 이어지는 길이 나온다.

그곳에 예레 씨가 마차를 두고 왔다고 하니까 그걸 타고 왕도까지 갈 예정이었다.

"그런데 티나 씨도 체력이 좋네요."

앞장서서 걷는 예레 씨가 고개만 돌려 잡담에 끼어들었다.

"이렇게 오래 숲을 걸어도 숨이 안 차는 걸 보면요."

"에릭이랑 어릴 적부터 숲을 뛰어다녔으니까요!"

그랬지. 내가 훈련을 시작했을 무렵부터 티나도 함께 따라다녔다.

숲길을 한 시간 정도 걷는 정도는 일도 아니겠지.

"그랬군요. 마법을 쓰면서 체력까지 받쳐준다면 마법 기사단에 들어가기는 더 쉽겠네요. 추천 사유가 늘었어요."

"고, 고맙습니다!"

티나는 기뻐하며 감사했다. 그러고는 예레 씨에게 보이지 않게끔 웃으면서 내게 브이 사인을 보냈다.

나도 티나의 마법은 대단하다고 생각하고 체력도 상당하다고 생각한다.

실제로 갑옷을 입은 예레 씨의 부하 두 명은 숨을 헐떡이고 있었다.

"후우, 하아…… 젠장, 우리도 힘내자!"

"헉, 헉…… 당연하지. 돌아가면 체력 단련을 더 해야겠어!"

그 둘은 어제 티나에게 져서 충격을 받은 느낌이었다.

그런데 오늘은 자신들이 헉헉대는 와중에도 티나는 산책을 하듯 걷고 있으니 충격을 넘어서 오기가 생기나 보다.

아마 5킬로그램이 넘는 갑옷으로 무장했고, 숲길도 익숙하지 않을 테니 어쩔 수 없다고 보지만.

아, 그래도 티나도 짐이 한가득이지…….

병사들도 예레 씨처럼 이 정도 행군은 거뜬히 해냈으면 좋겠다.

……힘내라.

그 후, 겨우 숲을 빠져나오자 외길이 보였다.

그곳에는 마차가 서있었다. 아마 예레 씨가 타고 온 마차겠지.

말 두 마리가 끄는 쌍두마차였고, 다섯 명이 타고도 남을 만큼 컸다.

"타시죠. 당신들은 말을 몰아주세요."

"네, 넷!"

"드디어 앉을 수 있어……."

예레 씨는 부하들에게 지시하고 나와 티나를 마차에 태웠다.

지친 두 사람에게 미안하다는 생각이 들었지만, 갑옷을 벗고 한숨 돌리는 모습을 보면 그들 나름대로 쉬는 방법이 있나 보다.

나와 티나, 그리고 예레 씨가 마차에 올라타고 얼마 지나지 않아 마차가 움직이기 시작했다.

"두 시간이면 왕도에 도착할 겁니다. 그때까지 편하게 쉬세요."

"아, 네."

편하게 쉬라고 해도…… 마차 안인데 앉아 있는 것 말고 더 있나?

아 참. 방금 티나를 추천할 사유가 늘었다고 했는데 내가 더 추가해 볼까.

"예레 씨, 제가 펠릭스를 혼자서 쓰러뜨렸다고 말씀드렸죠?"

"네. 그 위험인물을 혼자 힘으로 쓰러트리다니, 정말로 훌륭합니다."

"사실은 그때 혼자가 아니었어요. 정말로 혼자였다면 못 이겼겠죠. 제가 이긴 건 티나의 마법 덕분이에요."

"……그랬나요?"

"네. 그게 어떻게 된 거냐면—."

마법 기사단 단장에게 티나를 추천해줄 예레 씨에게 펠릭스를 쓰러뜨린 과정을 더 자세히 설명했다.

그렇게 마차 안에서 이야기를 나누는 사이, 마차를 몰던 병사의 목소리가 들렸다.

"단장님! 곧 왕도 베고니아에 도착합니다!"

"벌써요? 의외로 빨리 왔네요."

벌써 두 시간이 지났나.

티나는 창밖으로 머리를 내밀고 밖을 내다보고 있었다.

앞쪽으로 보이는 것은 왕도를 둘러싼 희고 거대한 성벽이었다.

"두 분은 왕도에 처음 온다고 하셨죠?"

우리 반응을 보고 예레 씨가 물었다.

"네."

"맞아요! 정말로 크네요!"

나는 전생에서 큰 도시를 제법 봤지만, 마을에서 처음 나온 티나는 흥분을 감추지 못했다.

"그럼 조금 이르지만, 왕도 베고니아에 오신 것을 환영합니다."

HE CHALLENGES THE FIGHT FATEFULLY.

He lost all his important things. As he respawn, he aims for the invincibility to save everything.

제 1 장 베고니아 왕국 기사단

마차는 왕도 정문에 도착하여 잠시 멈췄다.

멀리서 봐도 알 수 있었지만, 가까이에서 보니 성벽의 웅장함이 오롯이 전해졌다.

"크다……."

티나가 하늘을 우러러보듯 벽을 올려다보며 감탄했다.

나도 방금 전까지는 그러고 있었지만, 목이 아플 것 같아서 금방 그만뒀다.

문지기로 보이는 사람과 예레 씨의 부하들이 몇 마디 말을 나누더니 마차가 곧 다시 움직였다.

무슨 종이를 보여주니까 문지기가 당황하며 경례하고 보내줬는데…… 그건 뭐였을까?

왕도로 들어서자 무척 큰 상점가가 길게 이어졌다.

10미터만 걸어도 우리 마을 주민보다 많은 사람과 마주칠 것 같았다.

"우와, 사람이 바글바글해!"

티나의 반응이 영락없이 도시에 처음 온 시골 사람이었다. 아니, 비유가 아니라 그 말 그대로지만.

티나는 불안정하게 흔들리는 마차에서 일어나 쉴 새 없이 머리를 돌리며 다양한 사람과 가게를 구경했다.

나와 예레 씨는 그 모습을 훈훈하게 바라봤다. 예레 씨는 웃고 있지 않았지만…… 분위기를 통해 어렴풋이 느껴졌다.

티나가 활짝 웃으며 주변을 보다가 우리의 시선을 알아차리고는 혼자만 신이 났다는 사실을 깨닫고 얼굴을 붉히며 앉았다.

"우으…… 에릭 때문이야."

"내가 왜?"

얼굴을 가리고 창피해하는 내 누나가 귀여워서 머리를 쓰다듬었다.

그러자 티나가 깜짝 놀라서 얼굴에서 손을 떼고 나를 보지만, 곧 웃으며 내 손길에 몸을 맡겼다.

누나처럼 생각해도 정신연령은 내가 배는 높다.

자연스럽게 내가 티나를 동생처럼 취급하는 경우가 많았다.

"두 분은 정말 사이가 좋네요."

"어릴 적부터 쭉 함께 있었으니까요."

어린 시절부터 함께 지내도 나이를 먹으면서 소원해지거나 사이가 나빠지는 사람도 있다고 하지만, 나와 티나는 전생부터 쭉 친했다.

마차는 왕도로 오는 외길을 달릴 때보다 덜 흔들렸다.

왕도의 노면은 정비가 잘 된 모양이었다. 역시 큰 도시는 우리 마을과는 전혀 달랐다.

잠시 도시 경관을 구경하는 사이에 마차는 상점가를 벗어나 왕도의 중심으로 달려갔다.

"예레 씨, 처음엔 어디부터 가나요?"

나는 마차가 점점 왕도에서 가장 큰 건물로 다가가는 것을 알아차리고 물었다.

"우선은 왕궁으로 갑니다."

……응? 어디라고?

"저, 죄송한데…… 어디로 간다고요?"

"왕궁이요."

잘못 들은 게 아니었다.

네? 왜요?

"아, 죄송합니다. 실수했네요."

예레 씨가 사과했다.

뭐야, 실수였어? 다행이다. 갑자기 왕궁에 가서 뭘 어쩌나 했다.

"티나 씨는 마법 기사단 숙소로 안내하겠습니다."

"네? 앗, 네. 고맙습니다."

티나는 말을 더듬으면서도 대답했다.

응? 나는?

"예레 씨, 그럼 저는……?"

"에릭은 왕궁에서 폐하를 알현해 주십시오."

왕궁에 가서 뭘 하는지도 알려줬다. 고마워라.

……아니, 고맙기는 무슨!

"왜, 왜 제가 임금님을 봬요?!"

"에릭이 위험인물인 펠릭스 글라디오를 해치웠다고 보고하니 폐하께서 한 번 만나고 싶다고 하셨습니다."

"이렇게 뜬금없이요?! 그리고 펠릭스 이야기는 아직 전달하지 못했잖아요?!"

계속 함께 있었는데 임금님과 만났을 리 없잖은가.

"전령을 보냈습니다. 폐하의 성격을 고려하면 분명히 만나서 이야기를 나누고 싶다고 말씀하실 테니까요."

예레 씨는 그렇게 설명했지만, 그 폐하의 성격이란 것부터 이해가 안 된다.

왜 펠릭스를 해치운 사람과 굳이 만나고 싶어 하는가?

"폐하께서는 아주 적극적으로 정치와 군사에 관여하시는 분입니다. 그런 이야기는 직접 듣고 싶다고 늘 말씀하시죠."

내 의문을 알아차렸는지 예레 씨가 덧붙였다.

이런 큰 나라의 임금님이니까 분명 평범한 왕과는 다를 수도 있겠지만, 그렇게까지 직접 나서기를 좋아하는 사람인가?

"폐하는 복장에는 개의치 않으시니까 이대로 왕궁으로 와주십시오. 부탁드립니다."

"……아, 알겠어요."

왕도로 오자마자 이런 대형 사건이 벌어질 줄이야…….

아, 갑자기 속이 쓰린데.

아까부터 마차가 향하던 큰 건물이 왕궁이었는지, 티나는 그 앞에서 짐을 들고 내렸다.

왕궁 인근에 기사단과 마법 기사단 거점이 있고, 그 근처에 숙소도 있다고 하여 티나는 여기서 나와 헤어졌다.

나도 여기서 내리고 싶다…….

"잘 다녀와, 에릭! 응원할게!"

"그래…… 나중에 봐."

티나가 내리고 마차가 다시 출발했다.

티나는 떠나는 마차를 보며 내내 손을 흔들었다.

"걱정하지 않으셔도 괜찮아요. 폐하는 아주 사근사근하고 성품이 훌륭한 분이십니다. 분명히 에릭도 좋아하실 테죠."

"그러면 좋겠네요……."

나는 전생에서도 그런 대단한 사람과 만나서 대화한 일이 없다고…….

아니지, 이레네가 일단 왕녀님이었나?

하지만 왕녀라고 생각하고 대한 적은 한 번도 없었지…….

일국의 왕과 만나서 실수를 저지르지 않을까 생각하니 벌써부터 위가 아프다. ……지금 뭔가, 이상한 말을 한 것 같은데?

이리하여 나는 위가 아픈 상태로 이 나라에서 가장 높은 자리에 있는 임금님과 만나게 되었다.

……아, 그냥 배가 아프다고 하면 되는구나.

마차는 티나를 내려주고 일직선으로 왕궁으로 향했다.

"몇 분만 있으면 도착하니까 잠깐만 참아주세요."

예레 씨는 내가 오랜 이동으로 지쳤다고 생각하는지 배려의 말을 건넸지만…… 안색이 나쁜 이유는 따로 있었다.

지금부터 왕과 만나야 해서 긴장한 탓이었다.

그렇게 몇 분 뒤, 우리는 왕궁의 앞에 도착했다.

왕궁은 얼마나 큰지 고개를 들어도 꼭대기가 보이지 않을 정도였다.

"그럼 왕궁으로 들어가죠. 저를 따라오세요."

예레 씨가 그렇게 말하고 마차에서 먼저 내렸다. 나도 따라 내려 예레 씨의 뒤를 따라갔다.

왕궁 정면에 있는 거대한 문이 열리고, 우리는 그 안으로 들어갔다.

이런 커다란 문이 열려도 예레 씨는 눈 하나 깜짝하지 않았다.

나는 주눅이 들어서 괜히 고개를 숙이고 들어갔다.

복도는 굉장히 호화롭고 바닥에 깔린 새빨간 융단은 무척 고급스러워 보였다. 정말로 흙발로 들어가도 될지 불안했다.

내가 떨리는 가슴으로 걸음을 내딛던 중, 예레 씨가 또 유난히 큰 문 앞에서 멈췄다.

"폐하, 계십니까?"

"그래, 있다."

문 앞에서 말을 걸자 안에서 엄숙한 목소리가 들렸다.

"예레미아스 아스타라입니다. 입실을 허가해주시겠습니까?"

"허가하마."

"실례하겠습니다."

내게 별다른 확인도 없이 예레 씨는 문을 벌컥 열어 버렸다.

어, 잠깐만, 나 아직 마음의 준비가……!

그렇게 생각했으나, 이미 늦었다. 문을 연 예레 씨가 안으로 들어가고 말았다.

따라가기 무서웠지만, 여기서 혼자 기다리기도 민망해서 긴장한 채로 들어갔다.

방은 마을에 있는 우리 집이 그대로 들어가지 않을까 싶을 정도로 무척 넓었다.

중앙보다 문에 가까운 위치에 큰 소파 두 개가 마주 보고 놓여 있고, 그곳에 사람이 앉아 있었다.

예레 씨가 그곳으로 다가가서 나도 조금 늦게 따라갔다.

"지금 임무에서 귀환했습니다."

"무사히 잘 돌아왔다."

방금 문밖에서 들은 목소리와 같다. 그렇다면 아마 이 사람이 국왕 폐하겠지.

목소리로 예상은 했지만, 역시나 위엄이 느껴지는 외모였다. 짧은 금발을 올백으로 넘겼고, 날카로운 눈매에 턱에는 수염을 길렀다.

반면, 복장은 생각보다 검소하여 편하게 흰 셔츠와 검은 바지를 입고 있었다.

"펠릭스 글라디오의 소식은 들으셨습니까?"

"그래. 마을 청년이 그놈을 해치웠다지? 그리고 네가 스카우트에 성공했다고 들었다."

"예, 맞습니다. 그리고 이 청년이……."

그러면서 두 사람이 동시에 나를 봤다.

뭐, 뭐라도 말을 해야겠지…….

"처, 처음 뵙겠습니다…… 에릭, 아, 아울린입니다."

자기소개조차 말을 더듬었다.

오늘 처음 들은 성이 얼른 나오지 않았다…….

내 긴장을 알아봤는지 폐하는 살며시 웃었다.

"나는 레오나르도 카를로 베고니아다. 이름이 기니까 레오라고만 기억해도 돼."

그러고는 내게 손을 내밀었다.

"예, 옛, 만나 봬서 영광입니다."

나는 살짝 긴장하면서도 다가가서 손을 내밀어 악수했다.

이 손……! 틀림없이 검을 잡아 본 사람의 손이다.

몇 년씩 검을 휘두르지 않고서는 이런 식으로 굳은살이 박이지는 않는다.

"흠, 좋은 손이군. 이런 손을 가진 자라면 강할 만도 해."

레오 폐하도 내 손을 잡고 알았는지 그렇게 말했다.

"가, 감사합니다."

"그럼 저쪽 소파에 앉게. 메이드에게 차라도 내오라고 하지."

나는 폐하가 권하는 대로 맞은편 소파에 앉았다.

헉……?! 몸이 파묻힌다……!

이렇게 부드럽고 고급스러운 소파에 앉아도 될지 불안해서 엉덩이를 앞으로 끌어당겨서 끄트머리에 살짝 걸터앉았다.

내 옆에 예레 씨가 앉은 뒤, 정면에는 있는 레오 폐하가 말했다.

"우선 감사를 표하네. 예레에게 들은 바로는 자네가 펠릭스를 무찔러 이 나라를 구했다지. 자네의 활약이 없었다면 위험했어. 고맙네."

그러면서 앉은 자리에서 고개를 숙였다.

"아, 아뇨! 감사라니, 당치도 않습니다!"

이 나라의 최고 권력자가 대뜸 머리를 숙일 줄은 몰라서 식겁했다.

엄살이 아니라 정말로! 왠지 겁난다니까!

"흠, 겸허하군. 『구해줬으니까 돈 내놔, 망할 자식들아!』라는 말이라도 할 줄 알았는데."

"제가 무슨 동네 양아치예요?!"

나도 모르게 소리쳤다.

"폐하, 그런 말을 할 사람은 폐하뿐입니다."

"음, 그런가."

"폐하, 그런 말을 하고 다녀요?!"

"모르는 소리. 이것도 어엿한 내 일이다. 어느 나라를 구해줬는데 그 나라가 아무런 보상도 줄 수 없다고 지껄이지 뭐야. 그래서 그쪽 왕과 귀족들이 모인 자리에서 그렇게 호통쳐줬지."

"그, 그러셨나요……."

그래도 왕인데 말을 좀 골라야 하지 않나…….

"긴장은 풀렸나?"

"앗……."

레오 폐하는 그러면서 씩 웃었다.

지금 대화로 확실히 긴장은 풀렸다.

혹시 방금 그건 나를 배려한 농담이었나……?

“방금 말은 정말로 폐하가 한 말이에요. 그 일로 또 전쟁이 터질 뻔했죠.”

앗, 사실이구나.

“흥, 내 부하가 목숨 바쳐 싸웠는데 아무런 대가를 안 주겠다는 그것들의 잘못이지. 어차피 그 녀석들은 우리와 싸울 용기도 없는 버러지야. 그 자리에서 내가 따지지 않았으면 죽은 자들에게 고개를 들지 못해.”

그러더니 당시를 회상했는지 불쾌한 기색으로 팔짱을 꼈다.

과격한 사람이지만…… 나쁜 사람은 아닌 것 같다.

부하를 생각하는 좋은 사람이다.

그러는 사이에 메이드가 방으로 차를 가지고 왔다.

“이봐, 왜 나도 차야?! 술로 달라고 했잖아?!”

“아직 업무 시간입니다. 술은 자제해주십시오, 폐하”

“뭐라고! 감봉한다!”

“왕비님의 말씀입니다.”

“용서하마!”

레오 폐하가 메이드에게 소리치다가 왕비라는 말이 나오기 무섭게 꼬리를 내렸다.

……나쁜 사람, 아니겠지?

그 후, 나와 레오 폐하, 그리고 예레 씨는 가벼운 잡담을 나누고 대담을 마쳤다.

한 시간도 채 지나지 않았을 텐데 내 몸과 정신은 몇 시간은 떠든 것처럼 피곤했다.

뭔가 불손한 짓을 하지 않을까, 혹은 하지 않았을까 걱정이 되어 말 한마디 한마디에 신경을 곤두세운 탓이었다.

몇 번인가 폐하가 엉뚱한 말을 할 때마다 버럭 소리쳐 따졌지만, 그건 불가항력이라고 본다.

게다가 폐하도 웃었으니까 괜찮……겠지? 나중에 갑자기 불러내서 불경죄라고 하는 거 아냐?

"미안하군, 에릭. 나는 조금 더 이야기를 나누고 싶지만……."

"폐하께서는 업무가 많이 쌓여 있어서요."

"그렇다는군. 왜 이렇게 쌓인 거야, 나 참."

"폐하께서 놀고 계신 탓입니다."

방금 차를 가지고 온 메이드가 냉랭한 눈초리로 폐하를 바라봤다.

"……그럼 잘 가라, 에릭. 또 시간을 내서 이야기를 나누고 싶군."

"아, 네."

그 싸늘한 눈에서 도망치려는 것처럼 말을 돌리며 내 손을 잡았다.

아무튼 나쁜 사람은 아닌 것 같다……. 예레 씨가 사근사근한 사람이라고 했던 말이 이해가 간다.

뭐, 그것도 좋게 말해서 사근사근이지, 뭔가 진지함과는 거리가 먼 성격이군.

그리고 나와 예레 씨는 그 방에서 나왔고, 레오 폐하는 메이드에게 잡혀 집무실로 끌려갔다.

"우리도 갈까요? 일단 기사단 숙소로 가서 짐을 두고 시설을 안내하겠습니다."

"네, 부탁드릴게요."

예레 씨를 따라서 왕궁 안을 걸었다.

아까 지나왔던 길을 지나 커다란 문을 통해 왕궁을 빠져나왔다.

그리고 바로 앞에서 기다리던 마차를 타고 기사단 숙소로 출발했다.

몇 분 지나지 않아서 티나가 내렸던 곳에서 마차가 멈춰서 나도 그곳에 내렸다.

그곳은 기사단과 마법 기사단이 공동으로 생활하는 숙소라고 했는데, 왕궁만큼은 아니지만 무척 컸다.

"숙소의 방 배정은 기사단과 마법 기사단으로 나뉩니다. 2인실이니까 에릭도 다른 사람과 같이 방을 쓸 거예요."

"알겠습니다."

"단장님! 잠시 드릴 말씀이……."

예레 씨가 방을 안내하는데, 숙소에서 한 남자가 나와서 예레 씨에게 귓속말했다.

무슨 이야기일까?

"……! 정말인가요? 난감하네요……."

예레 씨가 턱에 손을 대고 고민하다가 미안한 말투로 말했다.

"에릭, 미안한데 문제가 하나 생겼습니다."

"문제요?"

"지금 숙소에 빈방이 없어서…… 올해 기사단에 입단한 여성분과 방을 같이 쓰셔야겠습니다."

"여성이요……?"

내게도 다소 지장은 있겠지만, 이건 여성 쪽이 훨씬 문제 아닌가?

그 사람도 처음 만난 남자와 같은 방을 쓴다고는 생각하지 못했을 텐데.

"그 여성분은 남자와 방을 같이 쓰는 건 감안하고 있습니다."

"아, 그런가요?"

그렇다면 안심……해도 되겠지? 잘은 몰라도.

"다만, 누구와 같은 방을 쓰든 상관없지만 자기보다 강한 사람이 아니면 싫다고 해서요."

"……네?"

자기보다 강한 사람……? 왜 그런 조건을 걸지?

"불과 열여덟 살에 기사단에 들어온 건 좋지만, 그게 조금…… 자기주장이 강한 사람이라서요. 절대로 나쁜 분은 아니지만요."

아하…… 그러니까 자기가 강하다고 생각해서 콧대가 높아진 거군.

"그래서 죄송하지만, 그분과 싸워서 이기지 않으면 숙소에 방을 내어드릴 수가 없는 상황입니다."

"……알겠습니다. 싸울게요."

여기까지 와서 숙소에 방이 없어서 노숙한다면 꼴이 말이 아니다.

그 상황만은 반드시 막아야 한다.

“그 아이에게도 그렇게 전하겠습니다. 죄송한데 그 아이에게 『당신과 같이 자고 싶다』는 사람이 나타났다고 전해주세요.”

“내가 언제 그런 말을?!”

그렇게 말하면 오해할 수밖에 없잖아?!

내 항변을 들었는지 모르겠지만, 예레 씨에게 지시받은 사람은 이미 가 버렸다.

“자, 잠깐만요! 지금 그거 괜찮아요?!”

“뭐가요?”

“알잖아요, 같이 자고 싶다는 말…….”

“걱정하지 마세요. 그 아이가 자기에게 도전하는 사람이 나타났을 때 그렇게 말하면 당장 준비하겠다고 했으니까.”

“그, 그렇다면 다행이고요…….”

아니, 정말로 다행인가? 잘 모르겠다…….

“에릭~!”

그렇게 생각하는데 멀리서 나를 부르는 소리가 들렸다.

돌아보니 웃는 얼굴로 손을 흔들며 달려오는 티나가 보였다.

“에릭, 어서 와! 임금님이랑 만나서 이야기 잘했어?”

“다녀왔어. 이야기는 뭐, 어찌어찌 잘 됐고…….”

레오 폐하는 참 좋은 사람이었어. 진지함이 결여된 면이 있지만…….

“에릭이 없는 사이에 시설이랑 도시를 안내받았어! 나중에 에릭도 같이 가자!”

"알았어. 그래도 그 전에 볼일이 있어."

"볼일? 무슨 볼일?"

내가 이곳에 도착한 뒤 있었던 일을 말하려던 그때—.

"나, 유리나 카슈팔와 자고 싶다고 말한 에릭 아울린이라는 자는 어디에 있지?"

내 뒤에서 그런 소리가 들렸다.

아마도 콧대가 높아졌다는 여자애겠지. 저런 말을 할 사람이 달리 누가 있겠는가.

하지만— 나는 뒤를 돌아보지 못했다. 지금은 그럴 상황이 아니었다.

"에릭, 저게 무슨 소리야? 지금 저 애가 한 말— 똑바로 설명해 줄 거지?"

내 앞에는 왠지 탁한 눈으로 희미하게 웃음 짓는 티나가 있었다. 뒤쪽에서 무슨 거뭇거뭇한 연기 같은 것도 보였다.

"아, 아니야, 티나! 나는 아무 잘못 없어!"

나는 당황해서 양손을 저으며 해명을 시도했다.

다른 사람에게는 꼴사납게 보이겠지만, 그런 걸 따질 판국이 아니었다.

"응, 에릭 잘못이 아니란 건 믿어. 내 말은— 저 여자는 누구냐고. 에릭한테 무슨 짓 했어?"

여전히 눈에 생기가 돌아오지 않는 티나가 점점 거리를 좁혔다.

톤도 낮고 감정이 느껴지지 않는 평탄한 어조인데 왜 얼굴만 웃고 있는지 모르겠다. 너무 무섭다.

"네놈이냐? 나와 자고 싶다고 말한 에릭 아울린이라는 자가."

상황을 이 지경으로 만든 범인이 다가오는 것이 느껴졌다.

"시끄러워! 좀 닥쳐!"

나는 뒤도 돌아보지 않고 소리쳤다.

왜 얼굴도 모르는 인간 때문에 내가 생명의 위협을 느껴야 하냐고!

"티나, 이 뒤에 있는 여자애는 나랑 같은 방을 쓸 룸메이트야."

"……흐음, 그렇구나. 그럼 에릭은 이 여자애랑 같은 방에서 쭉 같이 자겠네?"

왜지, 해명하는데 티나가 더 이상해지고 무서워진다……!

"그, 그냥 같은 방에 있을 뿐이야! 이상할 건 하나도 없어!"

"그야 당연하지. 그런 소리를 하다니, 에릭은 이상한 생각을 했어?"

"아, 아니야! 안 했어!"

티나에게서 냉기가 흐르는 느낌이 든다. 혹시 무의식중에 마법을 썼나?

대단하다고 생각하지만, 이런 곳에서 고도의 기술을 쓰지 말았으면 좋겠다.

"티나 씨, 진정하세요."

옆에서 예레 씨가 우리를 보고 끼어들었다.

"이분은 본인보다 강한 사람이 아니면 같은 방을 쓰고 싶지 않다고 해서 에릭과 겨룰 예정입니다. 같이 잔다는 발언은…… 신경 쓰지 마세요. 그냥 말이 그렇다는 거죠."

나 대신 설명해줘서 대단히 고맙지만, 그 잔다는 발언에 관해 더 해명해줬으면 좋겠다.

티나의 무서움이 그다지 가시지 않은 기분이다.

"왜 그 여자랑 에릭이 같은 방을 써야 하죠? 설마 에릭이 희망해서……."

"아니야, 아니야! 거기밖에 빈 곳이 없다고 해서!"

나를 살짝 노려보면서 말해서 허둥지둥 부인했다.

이런 식으로 노려보는 티나는 처음 봤다.

"싸움에 지면 내가 잘 곳이 없어져."

"그랬어? 그런데 예레 씨, 그런 여자의 말을 왜 들어주죠? 보통 방이 하나밖에 없으면 그런 희망 사항을 굳이 들어줄 이유가 없잖아요?"

"그, 그런 여자라고……?"

무례한 호칭으로 불린 여자가 떨리는 목소리로 뭐라고 말하지만, 나도 그 점이 궁금했다.

왕국 기사단에서 일개 개인의 억지가 통용된단 말인가?

예레 씨가 티나의 의문에 대답했다.

"유리나 카슈팔 씨는 이 나라의 귀족 가문 출신이고 부모님이 굉장히 자식을 사랑하는 분이라…… 딸이 남자와 같은 방을 쓰는 걸 도저히 용납하지 못하더군요. 유리나 씨와 제가 겨우 설득해서 유리나 씨를 이긴 사람만 같은 방을 써도 된다는 타협안을 얻었죠."

그런 사정이 있었나.

하지만 보통은 그녀보다 약한 사람을 같은 방에 둬야 마음이 놓이지 않을까? 약해야 무슨 일이 생겨도 힘으로 제압할 수 있잖아.

뭔가 다른 이유라도 있나?

"들었겠지? 그러니까 여기서 자고 싶다면 나와 싸워서 이기면 돼. 어차피 못 이기겠지만."

여자는 당당하고 자신만만했다.

붉은 머리는 포니테일로 묶어 목까지 내려왔고, 크고 동그란 눈동자도 똑같은 붉은색이었다.

옷은 이미 싸울 준비를 마쳤는지 움직이기 편한 복장이었다.

티나와는 다르게 귀여움보다 아름다움이 부각되는 외모지만…… 예레 씨와 똑같이 무표정이라서 다가가기 힘든 인상이었다.

미인은 무표정이면 무섭지. 이레네도 그랬다.

"태어나서 지금까지 동년배 남자에게 진 적은 없어. 오빠와 남동생보다 여자인 내가 강했지. 남자는 자기 힘에 오만해져서 노력도 안 하고 추하게 힘을 과시하는 동물일 뿐이야."

어떻게 되어 먹은 편견이야…….

"심지어 너는 나보다 두 살 어려. 내가 너보다 최소 2년 오래 훈련한 셈이다. 질 이유가 없어. 지금이라도 노숙할 곳을 알아보는

게 나을 거다."

거만하게 말하지만, 나를 깔보는 분위기가 아니라 담담하게 사실을 말하는 느낌이었다.

아니, 나를 깔보는 걸지도 모르지만, 그건 남자라는 생물 전체를 내려다보기 때문이리라.

"바로 시작하지. 훈련장은 이쪽이다."

그러면서 우리에게 등을 보이고 먼저 가버렸다.

저렇게 남자를 내려다보는 이유가 있는 걸까?

그런 생각을 하는데— 티나에게서 또 냉기가 흘러나왔다.

"뭐야, 저 여자……! 어이없어, 내 에릭이 지긴 누구한테 져!"

이렇게 화내는 티나도 처음 봤다.

그나저나 나는 티나 것이 아니라고 생각하는데.

"미안하네요, 에릭, 티나 씨. 저 사람은 기사단에 들어올 때부터 남자를 싫어해서요……. 훈련과 임무에는 무척 진지하게 임하는데 말이죠."

"아뇨, 괜찮아요. 그럼 저는 훈련장으로 갈게요."

"나도 갈래! 저 여자가 비참하게 지는 꼴을 보고 싶으니까!"

어째 티나의 성격이 나빠진 기분이 든다…….

이게 도시에 물든다는 건가? 아니겠지.

그녀가 먼저 간 길을 걸어가자 곧 무척 큰 훈련장이 나왔다.

이곳에서 기사단이 훈련을 하나 보다.

"이곳은 숙소 훈련장이라서 좁지만, 일대일 싸움에는 충분하겠죠."

아니었다. 이곳은 자율 연습을 하는 곳이고 기사단 훈련은 더 넓은 곳에서 하나 보다.

여기보다 넓으면 대체 얼마나 큰 거야…….

그곳 한복판에는 유리나 카슈팔이 서있었다.

손에는 목검 두 자루를 들었다.

예레 씨와 티나는 뒤로 물러났고, 나만 그 아이에게로 다가갔다.

그러자 들고 있던 목검 하나를 내게 던졌다.

“바로 시작하지. 조금이라도 나를 즐겁게 해주면 좋겠어.”

그 말을 듣고 또 뒤에서 냉기가 흘렀다.

“유리나 씨.”

“친한 척 이름으로 부르지 마라.”

이름을 부르자 노려보며 그렇게 쏘아붙였다.

“미안합니다, 카슈팔 씨. 당신은 몇 살부터 검을 잡았나요?”

“다섯 살이다. 그때부터 13년간, 나는 매일 검을 휘둘렀어.”

그건 대단하다. 여자애가 그 나이부터 검을 배우는 일은 굉장히 드물다.

“저는 세 살부터 검을 잡았고, 똑같이 13년간 검을 잡지 않은 날이 없습니다.”

“……그렇군, 나와 같은 세월을 검에 쏟았나.”

“네. 그러니까— 얕보다간 큰코다칩니다?”

가벼운 살기를 내보이자 카슈팔 씨는 곧 칼자루를 잡고 싸울 자세를 취했다.

“……너는 다른 남자와는 다른 모양이군. 하지만…… 이기는 건 나다.”

내 살기에 곧바로 반응했나.

그 높은 콧대가 한 번도 꺾인 적이 없다면 강하기는 하겠지.

그렇게 대치하던 중, 거리를 두고 떨어진 예레 씨가 선언했다.

“지금부터 유리나 카슈팔 대 에릭 아울린의 결투를 개시합니다. —그럼 시작하시죠.”

예레 씨의 신호가 떨어지며 결투가 시작됐다. 그러나 나와 카슈팔 씨는 움직이지 않았다.

서로 검을 든 채 상대를 살필 뿐이었다.

그녀는 중단으로 검을 들어서 내게 칼끝을 향하고 있었다. 그 자세가 무척 깔끔하고 아름다웠다. 누군가에게 자세를 교정받으며 배웠겠지.

나는 칼을 하단으로 잡았다. 칼끝은 그녀가 아니라 땅바닥을 향했다.

“왜 그러지, 안 덤비나?”

“여성에게 상냥하게 대하라고 어머니에게 배웠거든요. 먼저 하시죠.”

내 응수에 그녀가 눈살을 찌푸렸다.

“그래? 신사가 따로 없군. 하지만— 그 마음가짐, 후회하게 될 거다.”

말이 끝나기 무섭게 카슈팔 씨가 단숨에 파고든다.

—빠르다!

나는 조금 뒤로 물러나면서 그 검을 받아냈다.

발도 빨랐지만, 검을 휘두르는 속도도 여성이라고 생각하지 못할 만큼 빨랐다.

역시 나와 같은 시간을 검에 쏟은 실력이었다.

"흠, 받아냈나? 페이크도 섞었는데."

"그랬나요? 죄송합니다, 손이 저절로 반응해서 몰랐네요."

"입만 살아서는—!"

검을 맞댄 상태에서 몸을 회전하며 반대 방향으로 검을 후려쳤다.

회전이 더해진 공격은 묵직했다.

첫 공격도 속도가 붙었을 텐데 이번 공격이 더 강하다면, 속도보다 힘을 중시해서 훈련했다는 뜻이다.

하지만 그 무거운 공격을 정면에서 받아줄 이유는 없다.

나는 맞지 않도록 검을 옆으로 돌리며 그 기세를 고스란히 카운터로 전환했다.

"크—!"

지금 그녀의 공격은 빈틈이 크다.

한순간이지만 회전하며 등을 돌린 탓에 내 모습을 보지 못했다.

목검으로 팔을 가격하자 그녀는 거리를 벌리려고 뒤로 물러났다.

힘을 별로 쓰지 않았지만, 그래도 팔이 아프겠지.

카슈팔 씨는 살짝 인상을 쓰며 오른팔을 잡고 있었다.

"괜찮아요?"

"결투 중에 상대방을 걱정해? 여유롭군. 이 정도로 이겼다고 생각하지 마라!"

그러면서 또 단숨에 거리를 좁혔다.

위에서 내리치고, 옆으로 휘두르고, 아래에서 올려친다.

그녀의 검은 모두 빠르고, 무거웠다.

기사단에서만 검을 배웠을 남자가 이기지 못한 것도 이해할 수 있다.

그녀는 어릴 적부터 검을 연습한 만큼 실력이 있었다.

더불어 센스도 있었다.

나와 같은 햇수 동안 검을 잡았다고 했는데, 정말로 같은 햇수였다면 내가 이기지 못했을지도 모른다.

하지만— 나는 현생뿐만 아니라 전생에서도 몇 년이나 검을 들고 싸웠다.

"제길! 맞아라! 맞아!"

공격이 번번이 실패하자 조바심이 났는지 공격 동작이 점점 커졌다.

이만한 실력이 있다면 이토록 검을 맞추지 못한 것도 처음이겠지.

힘은 들어갔지만— 그 힘은 내게 통하지 않는다.

반대로 검의 궤도를 예측하기 쉬워 걷어내기 쉬워졌다.

위에서 내리친 검을 비스듬히 흘리고 그녀의 옆을 지나치며 검으로 배를 때렸다.

"욱……!"

카슈팔 씨가 공격받은 배를 부여잡고 바닥에 웅크렸다.

나는 곧장 돌아서서 그녀의 반응을 살폈다.

상반신을 웅크린 채 나를 쏘아보고 있었다. 눈빛은 아직 전의를 잃지 않았지만, 일어나서 나와 싸울 힘은 남지 않은 듯했다.

그런데도 그녀는 검으로 땅을 짚고 일어나서 또 내게 칼끝을 겨누었다.

어깨가 들썩이고 당장에라도 쓰러질 것처럼 비틀거리는 상태로.

"아직 나는…… 안 졌어!"

그렇게 힘차게 소리치지만…….

"아뇨. 당신이 졌습니다, 유리나 씨."

"으! 다, 단장님……!"

어느샌가 예레 씨가 카슈팔 씨 뒤에 서 있었다.

그리고 그녀의 어깨를 잡고 결판이 났다고 선언했다.

"이 결투는 에릭 아울린의 승리입니다."

"……! 그런, 가요."

제아무리 카슈팔 씨라 해도 단장인 예레 씨의 말에는 토를 달지 못했다.

그녀의 고개가 힘없이 수그러졌다.

"수고했어요, 에릭. 카슈팔 씨도요."

"네, 감사합니다."

나는 예레 씨에게 대답했지만, 카슈팔 씨는 반응이 없었다.

지금까지 또래 남자에게는 진 적이 없다던 그녀였다. 이 패배가 충격이겠지.

심지어 나는 표면상으로 그녀보다 두 살 어리니까 충격이 더 클

지도 모른다.

전생의 나이까지 합치면 내가 그녀의 배는 오래 살았지만…….

아무튼 나는 고개 숙인 카슈팔 씨에게로 다가갔다.

"수고했어요, 카슈팔 씨."

그렇게 말하고 손을 내밀어 악수를 청했다.

카시파르 씨는 얼굴을 들어 나를 보더니 악수를 받아줬다.

손에는 힘이 전혀 들어가지 않았다.

"완패야. 한 번도 맞추지 못했어."

"아뇨, 카슈팔 씨도 굉장히 강했어요."

"비아냥거리긴…… 나는 너보다 약해. 그리고 존대할 필요도 없어. 내가 약하니까 이름으로 불러도 상관없어."

"아뇨, 존댓말로 할게요. 대신 유리나 씨라고 부르겠습니다."

"그래? 네 마음대로 해. 패자인 내가 뭐라고 할 자격은 없지."

한 번 졌다고 사람이 너무 부정적으로 변했잖아…….

아직 나와는 격차가 있지만, 웬만한 사람은 손쉽게 이길 실력인데.

"그럼 유리나 씨, 에릭과 같은 방을 써도 되겠죠?"

"네, 물론입니다. 그렇게 약속했으니까요."

예레 씨가 확인하자 유리나 씨는 힘차게 고개를 끄덕였다.

으음, 왜 내가 나쁜 짓을 한 기분이 들까.

"에릭, 다행이야! 저 여자한테 이겼어!"

옆에서 지켜보던 티나가 내게 다가와서 유리나 씨에게 다 들리도록 그런 소리를 했다.

티나…… 너, 그렇게 못된 성격이었어?

"……미안하다, 티나 양. 네 소중한 사람을 무시하는 태도를 보였지. 진심으로 사과하겠다."

"어…… 앗, 아니에요, 괜찮아요. 저야말로 죄송해요……."

서로 사과하는 희한한 상황이 벌어지고 말았다.

아마 티나는 유리나 씨가 이토록 의기소침해질 줄 몰랐겠지.

이만큼 침울해하면 보는 사람이 괜히 죄책감이 들고 마음이 불편하다.

티나도 그 모습을 보고 더 모진 말을 할 만큼 심술이 나지는 않아서 다행이다.

결투가 끝나고 유리나 씨와 같은 방에서 지내게 된 나는 우선 짐을 옮기기로 했다.

"에릭은 유리나 씨랑 같은 방 쓰는구나……. 좋겠다."

"응? 뭐야, 티나. 유리나 씨랑 같은 방 쓰고 싶어?"

"그걸 왜 그렇게 받아! 에릭이랑 같은 방을 쓰고 싶다고!"

짐을 옮길 때, 티나가 그런 말을 꺼냈다.

나와 티나는 마을에서 쭉 같이 살았다고 말해도 과언이 아니었다.

얼마 전까지도 같은 침대에서 잤고.

"마법 기사단 숙소라면 빈방이 있을 텐데, 거기서 저랑 에릭이 같이 살면 안 돼요?"

"안됩니다. 마법 기사단 숙소는 마법 기사단 사람들이 사는 것이

규정이에요. 앞으로 거기에 사람이 들어갈 가능성도 있고요."
예레 씨의 설명에 티나는 노골적으로 실망했다.
"그래도 매일 볼 수 있으니까 괜찮지 않아?"
"음…… 하긴. 참고 지낼게."
일단 짐을 방에 두고 나는 유리나 씨에게 시설과 도시를 안내받기로 했다.
티나는 먼저 안내를 받아서 이따가 예레 씨와 함께 마법 기사단 단장님에게 인사하러 간다고 했다.
이 기회에 제대로 어필하지 못하면 티나는 마법 기사단원이 아니라 수습이 되니까 예레 씨의 도움을 빌려 힘냈으면 좋겠다.
그렇게 우리는 앞으로 생활할 방 앞에 도착했다.
"여기다. 처음에는 헷갈릴 수 있으니까 조심해."
유리나 씨가 그러면서 문을 열었다.
그 방은 고향에 있는 내 방보다 두 배는 넓었다.
침대 두 개가 나란히 놓였고, 그중 하나는 유리나 씨가 사용해 생활감을 물씬 풍겼다.
침대와 침대 사이에는 공간이 있고 그곳 중간을 경계로 서로의 생활 구역이 나뉜다고 한다.
문에서 가까운 쪽에 유리나 씨 침대가 있으니까 안쪽이 내 공간이겠지.
"실례합니다."
혹시 몰라서 양해를 구하고 들어가서 안쪽으로 가려는데…… 유리나 씨 침대 위에 있는 어떤 물건이 눈에 띄었다.

빨간, 천……?

얼핏 보고 그렇게만 생각했지만, 자세히 보고 그것이 무엇인지 확실하게 알아 버렸다.

속옷이었다.

그것도 위쪽 말고 아래쪽의.

나는 그걸 인식한 순간 반사적으로 얼굴을 돌렸다.

하지만 너무 홱 돌린 탓일까, 뒤따라 들어온 유리나 씨가 내 행동을 수상하게 여겼다.

"왜 그러지? 뭐라도 있……나……."

자기 침대를 보고 깨달았는지 말끝이 흐려졌다.

"으으—!"

얼굴을 확 붉히며 방금 싸웠을 때보다 빠르게 속옷을 낚아채서 등 뒤로 숨겼다.

"미, 미안하다! 불쾌했다면 사과하지……!"

"아, 아뇨, 불쾌하다뇨……. 괜찮아요."

"방금 싸우러 나간다고 급하게 갈아입는 바람에……! 펴, 평소에는 이렇게 어질러두지 않으니까 걱정하지 마라!"

나와 싸우려고 갈아입었나…….

응? 잠깐만, 속옷까지 갈아입을 필요가 있어?

그러고 보니 여자는 중요한 순간에만 입는 속옷이 있다고…… 안 돼, 에릭! 이상한 상상 하지 마!

"에릭? 무슨 생각해?"

"으어어?! 아, 아무 생각도 안 했는데?!"

내가 살 방을 보고 싶다며 따라온 티나가 내 생각을 꿰뚫어 본 것처럼 캐물었다.

요즘 티나의 감이 예리해진 기분이 든다…….

나는 짐만 두고 방을 나왔다.

오늘부터 이곳에서 유리나 씨와 함께 살아야 한다. ……괜찮을까?

그 후, 티나는 예레 씨와 함께 마법 기사단 단장님을 뵈러 간다며 우리와 헤어졌다.

그리고 나는 유리나 씨를 따라서 시설을 돌아봤다.

"여기가 식당이다. 기사단과 마법 기사단이 모두 모이는 유일한 곳이지. 그러니까 이곳이 훈련장 다음으로 큰 시설이야."

지금은 유리나 씨 말대로 식당을 안내받고 있지만…… 정말로 크고 넓었다.

기사단과 마법 기사단의 총원은 왕도에 있는 인원만으로도 만 명이 넘는다고 들었다.

다른 도시에 흩어진 기사까지 모두 합치면 10만 명에 달한다던가.

이렇게 나라가 크면 기사도 많이 필요하겠지.

그리고 그 많은 기사의 정점에 있는 사람이 예레 씨다.

정말로 대단한 사람이다. ……지금부터라도 단장님이라고 불러야 할까?

그 뒤로도 유리나 씨의 안내는 계속되었고, 마지막으로 평소 훈련을 하는 곳에 왔다.

그곳 역시 식당보다 컸고 이미 많은 기사들이 훈련을 하고 있었다.

검과 창으로 대련하는 사람이 있는가 하면, 홀로 검을 휘두르며 검술을 갈고닦는 사람도 있었다.

"오늘은 전체 훈련이 없는 날이지만, 이렇게 많은 기사가 자율적으로 훈련하지."

"그런가요."

다른 기사들의 연습 풍경을 잠시 바라봤지만…… 특별히 눈여겨볼 사람은 없었다.

개중에서 특출나게 실력이 좋은 사람은 있어도 아마 유리나 씨에게는 미치지 못하리라.

유리나 씨는 그만큼 강했다.

그녀에게는 여성이라고 생각하기 어려운 속도와 힘이 있었다.

"이렇게 다른 기사를 보면 내가 더 강하다고 생각했는데……."

나와 똑같이 기사들을 보던 유리나 씨가 중얼거렸다.

그건 교만이 아니라 단순한 사실이었다.

"단장님과 부단장님에게 이기지는 못해도 그다음으로 꼽힐 정도로 강하다고 자부했어. 하지만…… 설마 연하의 남자에게 질 줄은 몰랐군."

혼잣말처럼 중얼거린 말에서 분한 마음이 전해졌다.

아니, 그게…… 일단은 연하지만, 사실 두 배는 오래 살았습니다.

죄송합니다.

"에릭, 이라고 불러도 될까?"

"아, 네."

"그럼 에릭, 왜 너는 그렇게 강해질 수 있었지? 나는 훈련량이라면 누구에게도 밀리지 않는다는 자부심이 있었어. 연상이라도 내가 더 진심으로 훈련에 임한다고 생각했고. 그런데 너는, 같은 시간을 훈련한 너는 나를 쉽게 이겼어."

유리나 씨가 똑바로 내 눈을 보며 물었다.

"너는 왜 그토록…… 내게 알려줄 수는 없나?"

그 말을 듣고 나와 유리나 씨의 역량 차이가 어디에 있었는지 생각해 봤다.

가장 먼저 떠오른 점은 경험의 차이였다.

같은 시간 검을 잡았다고 말했지만, 나는 전생에도 검을 휘둘렀고 실전에도 익숙했다.

그 차이가 가장 클 것이다.

그 외에는 기술.

유리나 씨의 속도는 보통 사람보다, 어쩌면 지금의 나보다 빠를지도 모른다. 힘도 여성이라는 게 믿어지지 않을 정도였다.

하지만 그것을 모두 활용할 기술이 부족했다.

그런 부분에서 큰 차이가 벌어졌다고 생각하지만, 유리나 씨의 질문은 그게 아니었다.

그녀는『어떻게 강해졌느냐』고 물었다.

"……아마 훈련의 『질』이 아닐까요."

"내 훈련의 질이 나빴다고? 나는 부모님이 귀족이라서 검술 선생님을 초청해 지도를 받았어. 솔직히 외진 마을에서 배우고 자란 너보다 훈련의 질은 좋을 텐데."

그럴지도 모른다. 조그만 마을에서 태어난 내게 검을 알려줄 사람은 아버지밖에 없었고, 아버지의 검술도 내 검술과는 지향하는 바가 달랐다.

나에게 맞는 검술은 전생에서 크리스토에게 배웠으니까 큰 문제가 없었을 뿐.

좌우지간, 이런 이야기를 하자는 것도 아니다.

"유리나 씨, 하나 질문할게요."

"뭐지?"

나는 질문한 유리나 씨에게 반문했다.

"당신은— 진심으로 검을 휘두른 적이 있나요?"

내 물음에 유리나 씨가 눈살을 찌푸렸다.

"진심으로? 무슨 뜻이지?"

"말 그대로요. 유리나 씨는 아마 진심으로 검을 휘두른 적이 없을 거예요."

내가 단언하자 그녀는 아니나 다를까 분노를 드러냈다.

"헛소리하지 마. 나는 매일 검 수련에 매달렸어. 당연히 매번 진심을 담아 휘둘렀지."

유리나 씨는 가시 돋친 말투로 말을 이었다.

"에릭, 너와 싸우고 네 실력을 알았어. 아마 너도 나와 같이 매일 진지하게 검을 휘둘렀겠지. 검을 나눈 나와 너라면 그 정도는 이해할 줄 알았는데……."

그 말에는 분노가 아니라 낙담이 묻어 있었다.

분명히 그 결투에서 나는 유리나 씨의 실력을 알았다.

매일 얼마나 열심히 검을 잡았는지도 안다.

하지만 내가 말하는 진심이란 그런 뜻이 아니다.

"유리나 씨와 제 진심은 달라요. 비교하자면 제 쪽이 더 진심이었던 거죠."

"뭐라고……? 내가 진지하지 못했다는 말이야?"

손에 검을 쥐고 있었다면 당장 달려들지 않았을까 싶은 분노가 느껴졌다.

"유리나 씨는— 사람을 죽인 경험이 있나요?"

"사람을……?"

내 뜬금없는 질문에 또 의문이 들었나 보다.

"검이라는 건, 사람을 죽이는 도구입니다."

내 몸을 지킨다, 소중한 사람을 지킨다고들 말하지만, 그건 자신이나 소중한 사람이 아닌 다른 누군가를 해친다는 말이다.

"유리나 씨는 그런 각오를 하고 매일 검을 잡으셨나요?"

"……사람을 죽일 각오로, 했냐는 뜻인가?"

"네."

"……."

유리나 씨는 대답하지 않았다.

그야 그럴 테지. 기사단 안에서도 사람을 죽일 각오로 매일 검을 잡는 사람은 거의 없다.

"저는 사람을 죽인 경험이 있습니다."

"……!"

내 질문으로 어느 정도 예상은 했겠지만, 그래도 놀라는 눈치였다.

나는 현생에서도 마을을 습격한 펠릭스를 죽였다.

전생에서도 전쟁터에 나가 수십, 수백 명의 사람을 죽였다.

그리고 후회하지 않았다.

내가 지키고 싶은 사람을 위해 선택한 길이었다.

하지만 살인이 정의로 포장될 수는 없는 법이다.

"물론 무차별적으로 죽이지는 않았고 상대방이 제게 악이었을 때만 죽였어요. 그러지 않으면 기사단에는 들어오지도 못했겠죠."

"……그랬나."

그 말에 유리나 씨는 조금 안도했다.

당연한가. 오늘부터 함께 살 사람이 쾌락 살인마라면 밤에 잠도 못 잔다.

"저는 사람을 죽일 각오로 매일 검을 휘둘렀어요. 이게 유리나 씨와 제 각오가 다르다고 한 이유입니다."

"……그런 뜻인가. 너에게 내 검은 유치한 장난이나 다를 바 없나."

극단적인 비하지만, 일리는 있을지도 모른다.

사람을 죽일 각오가 없는 검이라면, 나는 휘두를 의미가 없다고 생각한다.

"같은 나이대의 남자에게는 질 리 없다고 생각했는데…… 나도 아직 멀었군. 그토록 강한 각오로 검을 들었을 줄은 몰랐어. 단지 강해지는 게 즐겁다, 지고 싶지 않다고만 생각했어."

"보통은 그게 정상이죠."

전생에서는 강해지지 않으면 죽는다, 아무도 지킬 수 없다고 생각해서 강해졌다.

현생에서도 강해져야만 한다는 일념과 각오로 검을 휘둘렀다.

"지금 당장이라도 그 각오를 다지고 싶지만…… 쉽지는 않겠어."

검은 사람을 죽이는 도구.

머리로는 누구나 이해하지만, 보통 그 정도로 강한 각오를 품기는 어렵다.

나처럼 목숨을 걸고 지키고 싶은 것이라도 있지 않은 한.

"나도 언젠가, 그럴 각오로 검을 휘두를 수 있을까……?"

"……진심으로 지키고 싶은 것이 생기면, 할 수 있어요."

"……진심으로 지키고 싶은 것."

말은 쉬워도 그렇게 쉽게 생기지는 않겠지.

기껏해야 자신이나 가족의 목숨 정도다.

심지어 그건 단순히 생각만으로는 절대로 다져지지 않는다.

정말로 자신이나 가족이 생명의 위협을 받지 않으면 마음이 따라

가지 못한다.

“지금은 지고 싶지 않다, 강해지고 싶다는 마음으로 충분하다고 봐요. 게다가 그런 이유만으로 졌다면 받아들이기 어렵겠죠? 마음의 힘이란 건 실체가 없으니까요.”

“사실 그래. 너에게 진 이유는 기술과 정신 양쪽 모두에 있다고 생각해. 그걸 단련하면 언젠가 너에게 이길지도 모르지.”

그 싸움을 돌이켜보고 자신에게 부족한 점을 깨달았나.

그렇게 자신을 분석하는 능력 또한 강해지기 위한 필수요소다.

“내일부터 또 훈련이 시작돼. 그때 다시 상대해주면 고맙겠어.”

“물론입니다. 쉽게 지지는 않겠지만요.”

“다음에는…… 아니야, 현실적이지 않은 말을 가볍게 입에 담지 말아야지. 하지만 언젠가는 반드시 이기겠어.”

그렇게 포부를 밝힌 유리나 씨는 미소 지으며 손을 내밀었다.

나도 그 손을 마주 잡고 웃었다.

결투가 끝났을 때와 같은 약한 악수가 아닌, 힘찬 악수였다.

“이제 저녁 시간이군. 식당으로 갈까.”

“그러죠.”

안내를 받던 사이에 벌써 시간이 그렇게 됐나.

하기야, 오늘은 오전에 마을을 나와서 왕도에 도착하자마자 폐하를 뵙고 여기 와서는 결투까지 했다.

시간을 알차게도 보냈다.

복습 삼아 이번에는 내가 앞장서서 방금 안내받은 식당으로 걸어갔다.

그렇게 기억력이 없지도 않고 길치도 아니어서 별 탈 없이 식당에 도착했다.

식당에는 이미 많은 사람이 있었고 각자 식사를 받아 자리에서 먹고 있었다.

나와 유리나 씨도 배식을 받고 빈 자리에 앉았다.

잠시 잡담을 나누며 저녁을 먹는데 내 이름을 부르는 소리가 들렸다.

"에릭~! 같이 먹자~!"

그러면서 다가온 사람은 티나였다.

내 대답을 듣지 않고 옆에 앉은 티나는 바로 내가 없는 동안 있었던 일을 구구절절 풀어놓았다.

거리에 나가서 뭘 했다느니 뭘 샀다느니, 싱글벙글 웃으며 하는 이야기에 맞장구치며 들었다.

"너희는 정말로 사이가 좋군."

맞은편에 앉은 유리나 씨가 우리를 보다가 그렇게 말했다.

"그렇죠. 제가 태어난 해부터 16년을 함께 지냈으니까요."

내 기억은 1살부터 쭉 이어졌다. 힘들었지…… 갓난아기인 나를 있는 힘껏 끌어안아서 몇 번을 죽을 뻔했는지.

"나는 그런 사람이 없어서 그런가…… 좀 부럽군."

"유리나 씨…… 괜찮아요. 지금부터 같이 지낼 사이잖아요."

"……그래, 에릭과는 친하게 지낼 수 있을 것 같아. 지금까지 만난 남자들과는 다르니까."

그건 성격 문제가 아니라 단지 유리나 씨보다 강하냐 약하냐의 문제 같은데……. 그래도 그렇게 말해주면 솔직히 기쁘다.

"으…… 못 보던 사이에 친해졌네?"

"응? 어, 응. 조금."

나와 유리나 씨의 이야기를 듣고 티나가 탐탁지 않은 표정을 지었다.

티나의 눈에도 친해진 것처럼 보이나.

"에릭, 귀 좀 빌려줘."

"응? 뭐야?"

티나가 내 귀에 얼굴을 붙이고 내게만 들릴 목소리로…….

"방에서 둘만 있다고…… 이상한 마음 품으면 안 된다?"

그런 소리를 했다.

화들짝 놀라서 얼굴을 떼고 티나를 보자…… 가끔 보이는 생기 없는 눈으로 싱긋 웃고 있었다.

"아, 알겠습니다……."

그럴 생각은 애초부터 없는데도 공연히 마음이 켕겨서 존댓말이 튀어나왔다.

무섭다…… 티나 누나가 너무 무섭다…….

눈앞에서 식사하는 유리나 씨는 귓속말을 듣고 얼굴이 창백해진 나를 보며 고개만 갸웃거렸다.

저녁을 다 먹은 나와 유리나 씨는 방으로 돌아가고 있었다.

티나는 식당에서 헤어졌지만, 그때 또 신신당부했다.

"에릭, 방금 한 말…… 잊지 마."

나는 몸을 떨면서 알겠다고 대답했다.

"에릭, 티나가 뭐라고 했나?"

"……쓸데없는 짓 하지 말고 빨리 자래요."

응, 정말로 그런 뜻이겠지.

그러면 티나가 한 말을 지킬 수 있으니까 그렇게 믿자.

"그래? 후후후, 티나가 나와 동갑이라고 들어서 깜짝 놀랐지만, 누나는 누나인 모양이군."

방금 식당에서 두 사람이 자기소개를 나눴다. 그전까지 유리나 씨는 티나가 나와 동갑이거나 더 어리다고 생각한 모양이었다.

내가 더 오빠처럼 보였다는 뜻이다.

일단 나이는 티나가 많지만, 전생을 더하면 내가 더 오래 살았으니까 그렇게 보여도 어쩔 수 없지.

"에릭."

방으로 돌아가는 길에 뒤에서 이름을 불러 돌아보자 예레 씨가 있었다.

"뭘 좀 물으러 왔습니다."

"뭐죠?"

"당신의 소원 말인데요."

소원……?

아, 깜빡 잊고 있었다!

펠릭스 글라디오를 해치운 사례로 나는 전생의 친구였던 크리스토를 찾아달라고 부탁했었다.

“찾던 사람이 있다고 하셨는데 그 인물의 이름을 못 들어서요.”

“아, 죄송합니다. 크리스토라는 사람이에요.”

“크리스토…… 성은요?”

“죄송하지만 그건 몰라요…….”

나도 크리스토라는 이름밖에 듣지 못했다.

그래서 전생에서도 그냥 이름으로만 불렀는데…… 이럴 줄 알았으면 들어둘 걸 그랬다.

“크리스토인가요. 정보가 그것밖에 없으면 시간이 좀 걸리겠는데 괜찮을까요?”

“네, 괜찮습니다. 죄송하네요, 어려운 부탁을 드려서.”

“미안할 것 없습니다. 나라를 구한 사례인데 이 정도는 힘든 축에도 안 들어요.”

예레 씨는 흔쾌히 내 부탁을 받아줬다.

“그럼 내일도 일찍부터 활동할 테니까 빨리 가서 쉬시죠. 좋은 밤 되십시오.”

“네, 안녕히 주무세요.”

“유리나 씨도 잘 들어가세요.”

“네, 수고하셨습니다!”

유리나 씨는 경례 비슷한 자세를 잡으며 인사했다.

예레 씨가 떠나자 자세를 풀고 다시 방으로 걸어가는데, 유리나 씨는 지금 대화를 듣고 놀란 표정이었다.

"단장님이 부탁을 들어준다니…… 에릭, 대체 뭘 했지?"

"우리 마을을 지켰을 뿐이에요."

"그래? 하지만 그 정도라면 사례금이 나올 뿐이라고 생각하는데…… 기사단 단장이 부탁을 들어줄 만한 일이었나?"

우리 마을을 구해서 결과적으로 나라를 구했기 때문이겠지.

"나라에서 주시하던 인물을 쓰러뜨려서 부탁을 들어주기로 했어요."

"그런 일이……. 그나저나 크리스토란 이름은 귀족 사이에서 들은 적이 없군. 시민 중에 있을지도 모르지만."

그럴 테지. 그렇게 건성건성 사는 녀석이 귀족일 리 없다.

"그 사람, 찾으면 좋겠군."

"고맙습니다."

그렇지만 찾아도 어떻게 해야 좋을지 모르겠다.

전생의 기억은 나만 가졌으니까 크리스토에게 지금의 나는 생판 남이다.

나는 그저 그 녀석이 잘 살아 있는지 확인하고 싶을 뿐이지만…… 가능하면 이번 삶에서도 친구가 되고 싶다.

잠시 후 방에 도착한 우리는 각자 취침 준비에 들어갔다.

이 숙소에는 목욕탕도 있다고 하지만, 열리는 날은 거의 없어서 씻으려면 방에 딸린 욕실을 쓴다고 했다.

목욕탕은 한 달에 한 번만 열려서 그때 기사단이 모두 들어가는 모양이었다.

"유리나 씨, 먼저 씻으세요."

"그, 그래도 될까? 그럼 먼저 쓰지."

조금 긴장한 유리나 씨는 욕실 문을 열고 들어갔다.

친해지기는 했어도 오늘 처음 만난 남자와 같은 방에 있으면 솔직히 긴장되겠지.

몇 분 후, 샤워 소리가 들렸다.

물소리만 들릴 텐데도 어째선지 기분이 묘했다.

오히려 소리만 들려서 상상력을 자극하는 탓이겠지.

다른 생각을 해라……! 뭐든 상관없으니까……!

……안 돼, 아무 생각도 안 나!

아냐, 그냥 아무 생각도 하지 마! 그래, 명상을 하자!

눈을 감고 머리를 비운 채 정신을 집중했다.

곧 샤워 소리조차 들리지 않게 되고 내면세계로 들어올 수 있었다.

"에, 에릭? 잠깐 괜찮나?"

"네, 네엡?!"

갑자기 말을 걸어서 목소리가 갈라지고 말았다.

샤워 소리가 들리지 않은 이유는 샤워가 끝났기 때문이었나.

욕실 쪽을 보자 유리나 씨가 얼굴만 빼꼼 내밀고 있었다.

"그게, 평소 버릇으로 옷을 두고 왔는데…… 셔츠와 바지만 가져와 주면 안 될까? 그것만 입으면 밖에 나갈 수 있으니까."

"아, 알았어요."

지금까지 혼자 지냈으면 욕실로 옷을 들고 가지 않을 만도 하다.

나는 시키는 대로 가방을 뒤져 셔츠와 바지를 꺼냈다.

하지만 그것을 꺼낼 때…… 딸려 나온 물체가 눈에 들어왔다.

빨간 브래지어였다.

화려한 색이지만, 팬티도 빨강이었으니까 색만 보면 크게 놀라지도 않았으리라.

나를 놀라게 한 건 색이 아니라…… 그 크기였다.

남자인 내가 봐도 무척 크다는 생각이 들었다.

하지만 오늘 유리나 씨와 함께 다녔어도 그렇게 크다는 느낌은 받지 못했는데…….

"에릭? 찾았나?"

"네, 넷?! 차, 찾았어요!"

또 목소리가 갈라졌지만, 일단 옷을 유리나 씨에게 건넸다.

가급적 그쪽을 보지 않도록 주의하면서.

"고, 고마워."

유리나 씨는 머리를 집어넣고 갈아입기 시작했다.

그리고 곧 욕실에서 나왔는데…….

"—헉?!"

크다.

뭐가 큰지는 말하지 않겠지만…… 아니, 말할 필요도 없겠지만, 크다.

셔츠의 굴곡이 어마어마했다.

오늘 함께 있었으면서도 전혀 깨닫지 못했는데, 저게 갑자기 어디서 솟아난 거야……?!

"너, 너무 쳐다보지 마!"

"죄, 죄송합니다!"

내 시선이 너무 노골적이었나 보다.

유리나 씨는 가슴을 숨기려고 팔짱을 끼고 새빨간 얼굴로 노려봤다.

나는 고개를 돌리는 것도 모자라 아예 돌아서 버렸다.

"이, 이건 그…… 훈련할 때 방해돼서, 평소에는 천을 감아서 그래……! 그래도 잘 때는 갑갑해서……!"

"그, 그랬나요. 정말로 죄송합니다!"

"아, 아니, 나야말로. 흉한 모습을 보였어……."

"흉하다뇨!"

"응……?"

안 돼, 이 대화는 무조건 안 좋은 쪽으로 흘러간다.

"저, 씻고 올게요!"

나는 잊지 않고 갈아입을 옷을 챙겨 욕실로 후다닥 도망쳤다.

그나저나 벗은 옷을 다시 입으면 내가 찾아줄 필요도 없지 않았나…….

아마 긴장해서 거기까지 생각이 미치지 않았겠지.

나는 탈의실에서 옷을 벗고 욕실로 들어가 일단 차가운 물을 머리부터 뒤집어썼다.

열이 나는 얼굴과 머리를 식히기 위해서였다.

후우…… 첫날부터 이래서는 앞날이 막막하다…….

예레 씨는 다른 방이 비는 대로 옮기게 해준다고 말했지만…… 그 시기가 언제가 될지는 아무도 모른다.

하루빨리 빈방이 나기를 바랄 수밖에.

◇ ◇ ◇

"회의를 시작하겠습니다."

이 방에는 나 예레를 포함해 기사단과 마법 기사단의 단장, 부단장이 모여서 큼직한 원탁을 둘러싸고 앉아 있었다.

총 네 명이 모여서 정기적으로 정보를 교환하는 자리였다.

특별한 내용이 없으면 금방 끝나지만…… 오늘은 조금 길어질 것 같았다.

"안네, 그쪽은 뭔가 안건이 있나요?"

"아니, 딱히 없어. 굳이 말하자면 올해 입단자 중에 눈에 띄는 인재가 없다는 것 정도?"

내 맞은편에 앉은 마법 기사단 단장 안네 벤딕스에게 물었지만, 그녀는 실망한 투로 그렇게 답했다.

은색 머리카락에 눈매가 날카롭지만, 백성들에게는 미인으로 소문이 자자하다고 들었다.

키가 크고 몸매도 좋아서 인기가 많다나.

마법 기사단에 들어가려면 수습으로 최소 2년을 지내야 하므로 실력자가 제법 모일 테지만…… 그녀의 기준은 무척 엄격했다.

그녀의 눈에 드는 사람은 진짜 천재뿐이겠지. 마법 기사단의 부단장 같은…….

“비비아나 씨, 당신은 어떤가요?”

“음, 글쎄~? 티나가 귀엽다는 정도인가~?”

“비비아나, 그건 아무도 안 물었어.”

부단장, 비비아나 스파노.

그녀도 장발이지만, 안네와 달리 베이지색이고 미인보다는 귀엽다는 말을 자주 듣는다고 한다.

마법 기사단 단장, 부단장에게는 일정 수 팬이 있으며 기사단보다 인기가 많았다.

나는 그런 외모에 관심이 없어서 받아들이기 힘들지만…… 지금은 관계없는 이야기다.

비비아나 씨는 스무 살이라는 젊은 나이로 단장 안네에게 재능을 인정받아 부단장 자리까지 오른 실력자다.

안네가 인정한 그 재능은 정말로 대단하여 나 또한 그녀의 마법에 여러 번 도움을 받았다.

다만 조금…… 머리가 좋지 못한 부분이 아쉬울 따름이었다.

“엥, 그래? 그래두 티나는 마법 기사단에 들어오지?”

“아직 안 정했어. 예레에게 들은 이야기가 확실하면 입단시켜도 되겠지만, 실제로 마법을 보고 결정해야지. 오늘 얼굴은 봤어도 마법은 못 봤어."

"티나 씨는 열여덟 살에 중급 마법을 사용한다는군요."

"와아, 티나 대단하네~"

비비아나 씨는 오늘 티나 씨에게 시설과 도시를 안내하면서 친해진 듯 보였다.

"비비아나, 너는 열여덟 살에 상급 마법을 썼잖아?"

"웅~? 그랬나?"

자기 일도 기억하지 못하다니, 역시 머리가 좀…… 이 이상은 생각하지 말자.

"티나 씨는 가르칠 사람이 없어서 중급 마법까지밖에 배우지 못했다고 합니다. 가르치기만 하면 바로 가능할지도 모르죠."

"흐음, 그럼 조금만 기대해 볼까?"

안네는 그러면서 희미하게 입꼬리를 끌어올렸다.

역시 그녀도 실력자가 들어올지 모른다는 얘기에 기대가 되는 모양이었다.

"그러고 보면 티나랑 같이 온…… 에릭이라구 했나? 그 애는 어때~?"

"맞아. 겨우 열여섯 살인데 네가 기사단 입단을 추천할 정도라며?"

티나 씨와 연관되어 에릭의 이야기가 나왔나.

무엇부터 말해야 할까.

"일단 실력은 굉장히 좋습니다. 제가 진심으로 싸워도 승리를 장담할 수 없을 정도로요."

"기사단 단장인 네가? 네가 그렇게 말한다면 실력은 확실하겠네."

"예레 씨는 그런 부분에 객관적이니까요. 그렇게 강하구나~"

두 사람은 놀란 눈치였다.

폐하께는 전해졌어도, 아마 이 둘에게는 에릭의 이야기가 전해지지 않았겠지.

"네. 에릭은— 펠릭스 글라디오를 죽였을 정도니까요."

"……! 예레, 지금 뭐라고 했어? 그 위험인물을 죽였다고?"

반응을 보인 사람은 마법 기사단 단장 안네였다.

그녀는 나와 마찬가지로 사태의 중요성을 아는 것 같았다.

"펠릭스…… 그게 누구더라?"

비비아나는…… 역시 기억을 못 하나.

"전에 말했잖니. 마족 나라의 왕이 되려던 녀석. 호전적이고 위험하니까 경계했었어."

"맞습니다. 그자를 에릭, 그리고 티나 씨가 협력해서 죽였다는군요."

내가 아울린 마을에서 들은 이야기를 전하자 안네는 크게 놀라워했다.

"펠릭스 글라디오와 호각으로 싸우고, 마법으로 협공해 살해했다, 라……. 정말이라면, 엄청나게 강하겠어. 열여섯 살이란 게 믿어지지 않아."

"와아, 티나도 상대했구나~ 역시 티나도 강하겠네."

비비아나 씨도 이야기를 들었지만, 초점이 조금 이상한 느낌이…… 뭐, 티나 씨도 중요하니까 크게 어긋나지는 않았다.

"그렇다면 이례적인 16세 입단도 이해가 돼."

"네. 폐하께서도 흔쾌히 허락하셨습니다."

"레오 씨는 단순하니까~"

"비비아나, 폐하라고 부르렴. 무례하잖아."

비비아나 씨는 폐하를 이웃집 아저씨라도 되는 양 부르지만, 폐하는 귀여우니까 괜찮다고 하셨지…….

결국 왕비님 귀에 그 이야기가 들어가서 혼나셨지만.

"……그런데 회의를 시작하고 시종일관 말이 없는 사람이 있는데, 무슨 생각을 그리 골똘히 하실까?"

안네가 고개 숙인 채 앉아 있는 사람에게 싸늘한 시선을 보냈다.

"……쿠울, 쿠울."

"어디서 자고 있어!"

옆에 앉은 안네가 그 머리를 쳐서 깨웠다.

"컥! ……후아아, 잘 잤다. 좋아, 회의를 시작할까?"

"시작한 지가 언젠데!"

"엉? 정말? 그럼 깨웠어야지!"

"애초에 자지 마!"

안네가 머리를 부여잡고 한숨 쉬었다.

자던 사람은 머리를 벅벅 긁고 옷에서 스키틀이라는 휴대용 술병을 꺼내서 안에 든 위스키를 들이켰다.

"회의 중에 술 마시지 마!"

"뭐 어때. 딱히 문제도 없잖아?"

"어휴…… 관둬. 매번 말해도 알아듣질 않는데 말해서 뭐 해."

두 사람은 회의가 열리면 항상 이런 대화를 나눴다.

언제나 마지막에는 안네가 포기하고 끝나지만.

"내가 오늘 듣고 싶었던 건 하나야. 에릭 아울린이라는 녀석, 강해?"

"네, 강합니다. 싸우면 아마 제가 질 거예요."

"오오, 네가 그렇게 말한다면 확실하겠지. 내일 싸워 볼까?"

그러더니 일어나서 다른 말도 없이 방을 나가려고 했다.

"네, 싸워 보세요. 당신의 『그 검』으로는 아마 못 이길 겁니다."

"그래? 그거 기대되는데."

그는 씩 웃고는 나가 버렸다.

"에효……. 나는 저 인간을 부단장으로 삼은 건 네 실수라고 생각해, 예레."

"그런가요? 하지만 지금 기사단에서 부단장을 맡을 사람이 달리 없어요."

"괜찮지 않아~? 저 사람 강하니까."

"그건 인정하지만……."

안네는 연달아 한숨 쉬었다.

부단장으로서 임무를 수행할 수 있는 사람은 기사단에도 몇 명 있다.

하지만—.

"역시 부단장은 저 사람밖에 없어요. 저 사람은— 저보다 강하니까요."

◇ ◇ ◇

—다음 날 아침.

어제는 긴장해서 좀처럼 잠들지 못했지만, 어느새 잠이 들긴 한 모양이었다.

기사단의 아침은 이르다. 여섯 시에는 식당에 가서 아침을 먹지 않으면 일과 시간에 늦는다.

유리나 씨도 평소보다 늦게 깼는지, 허둥지둥 준비에 들어갔다.

서두르는 바람에 내 앞에서 옷을 벗었을 때는 얼마나 놀랐는지 모른다. 황급히 고개를 돌려서 살았다.

유리나 씨는 금방 실수를 깨닫고 새빨간 얼굴로 준비해 둔 옷을 챙겨 탈의실로 달려갔다.

몇 분 후 나온 그녀의 얼굴은 아직 새빨갰다.

복장을 보니…… 또 천을 감았구나. 척 보니까 알겠다. ……어떻게 알았는지는 말하지 않는 편이 신상에 이롭겠지.

식당에 아침 식사를 받으러 가려던 때, 나를 부르는 목소리가 들렸다.

"에릭~! 안녕! 유리나 씨도 안녕하세요!"

티나는 아침부터 활기차게 인사하며 웃는 얼굴로 다가왔다.

"응, 잘 잤어?"

"그래, 티나는 아침부터 기운이 넘치는군. 응? 손에 든 그건?"

유리나 씨가 그렇게 물었다.

그러고 보니 티나가 뭘 들고 있었다.

"이거 에릭이 먹을 아침이에요! 내가 만들었어요!"

"어…… 정말로 만들어줬어?"

기사단에 들어가기로 정했을 때 티나가 아침을 만들어주겠다고 했는데, 그때는 이렇게 일찍 일어날 줄 몰라서 그냥 가볍게 생각했었다.

그런데 이 시각에 나와 자기가 먹을 도시락을 싸서 가져왔다면 티나는 대체 몇 시에 일어났을까…….

"고마워, 티나."

"응! 맛있게 먹어!"

피로가 전혀 보이지 않는 웃음에 나까지 기운이 났다.

식당으로 이동한 우리는 식사를 받아온 유리나 씨와 셋이서 같은 자리에 앉았다.

도시락 뚜껑을 열자 항상 집에서 먹던 밥이 있었다.

티나는 마을에 있을 때 꽤 자주 아침을 함께 먹었으니까 우리 집 메뉴를 잘 알겠지.

바로 한입 먹어 봤다.

역시 맛있다. 어머니의 맛과 티나의 맛이 어우러진 듯한 아침밥이다.

"음, 맛있어."

"에헤헤, 입에 맞아서 다행이야!"

티나가 옆자리에서 먹으며 내 얼굴을 들여다보는 터라 감상을 말해줬다.

티나는 얼굴을 발그레 붉히며 기뻐했다.

"앞으로 마법 기사단 훈련이 시작되니까 바쁘거나 피곤하면 무리해서 만들지 마. 정말로 맛있지만, 티나의 건강이 더 중요하니까."

"응, 알았어! 그래도 가능한 한 만들어 올게!"

이런 밥을 매일 먹으면 향수병에는 안 걸리겠지만, 매일 만드는 것도 보통 일이 아닐 테니까 일단 무리하지 않게 일러뒀다.

티나도 건강관리 정도는 똑바로 하니까 아마 괜찮겠지.

"맛있겠어……. 티나는 요리 솜씨가 있군."

앞자리에서 배식된 음식을 먹는 유리나 씨가 티나의 요리를 보면서 중얼거렸다.

"좀 드실래요?"

티나가 자기 도시락을 가리키며 말했다.

"괜찮나?"

"네, 드세요!"

"미안하군, 괜히 달라고 보챈 거 같아서."

"에이, 괜찮아요."

유리나 씨는 티나의 식사를 한입 얻어먹었다.

"음, 맛있어……! 이걸 정말로 네가 만들었어?"

"감사합니다!"

"정말로 맛있군……. 집에서 요리사가 만들던 것보다 맛있어."

"정말로요?! 그런 말까지 듣다니, 기뻐요!"

어제 막 만난 사이…… 심지어 티나는 유리나 씨의 첫인상이 최악이었는데도 둘은 벌써 친해졌다.

"티나도 열여덟 살이지? 그럼 존대할 필요 없어."

"정말? 그럼 친하게 지내자, 유리나!"

"그래, 잘 부탁한다. 후후, 기사단에 입단하자마자 친구가 두 명이나……!"

유리나 씨가 혼자 중얼거리는 소리가 들렸다.

수습 기사였을 때는 친구가 없었다는 말처럼 들리는데…….

"유리나, 친구 없어?"

티나가 아무런 주저도 없이 물었다. ……강심장이다.

"윽…… 부끄럽지만, 맞아. 2년간 수습 기사로 지내면서 남자라도 나보다 강한 사람은 없었고, 친구라고 부를 만한 사람은…… 게다가 여자는 나 말고 한 명도 없었어."

"기사단에는 원래 여자가 거의 없어?"

"여성은 마법 소질이 뛰어나다고들 하지. 그래서 기사단은 남자, 마법 기사단은 여자가 많아."

뭐야, 그랬어? 여자가 마법 소질이 더 뛰어나다고?

그래서 내가 티나보다 마법을 못 쓰나……?

그러고 보니 이레네도 나보다 마법을 잘 썼지……. 아니, 그건 전생에서 내가 마법을 소홀히 한 탓인가.

그래도 현생에서는 쭉 최선을 다해 마법을 수련했는데 이레네보다 나아진 느낌은 전혀 안 든단 말이지.

"그야 나처럼 여자이면서 기사단을 고르거나 남자지만 마법 기사단에 소속된 사람이 있기야 하겠지."

"그랬구나."

"그래서 나는 친구를, 못 사귀었어. 수습일 때는 사귀어야겠다는 생각이 딱히 없었지만…… 끝까지 아무도 못 사귀는 게 아닐까, 라는 생각도 들더군."

"유리나…… 괜찮아! 나랑 에릭이 친구가 됐으니까! 그치, 에릭!"

"그래. 앞으로 잘 지내요, 유리나 씨."

"티나……! 에릭……!"

유리나 씨가 살짝 눈물을 글썽이며 우리를 번갈아 봤다.

"그래, 잘 부탁한다!"

"응! 내일부터 유리나가 먹을 도시락도 챙겨 올게!"

"그, 그래도 괜찮나?"

"응, 친구잖아!"

"고, 고맙다, 티나!"

유리나 씨가 감격에 겨워 고개를 숙였다.

그나저나 티나는 사람 사귀는 재주가 있어 보인다.

지금까지 마을에서 나이가 비슷한 사람은 나밖에 없었는데 말이다.

생각해 보면 마을 사람들과도 사이가 좋았으니까 처음부터 그런 사교성이 있었던 걸까?

"그래도 이건 기억해 둬, 유리나."

"응? 뭐지?"

티나가 목소리 톤을 살짝 낮추고는…….

"에릭이랑 친구 이상의 관계가 되면 안 된다……? 그러면 우리는 친구로 지내지는 못할지도 몰라."

그늘진 웃음으로 당부했다.

요즘 티나가 이런 무서운 말을 자주 하는 느낌이 든다.

"아, 알았어…… 명심하지."

유리나 씨는 고개를 뒤로 빼면서도 순순히 대답했다.

아침을 다 먹고 곧 훈련 시간이 됐다.

기사단과 마법 기사단은 훈련 장소가 달라서 티나와는 이곳에서 헤어지기로 했다.

"그럼 나는 갈게. 에릭, 유리나! 서로 힘내자!"

티나는 방금과 달리 귀엽게 웃으며 말했다.

"훈련은 힘들어. 금방 포기하면 안 돼, 티나."

"응. 걱정해줘서 고마워, 유리나."

"제대로 어필해서 마법 기사단에 꼭 들어가."

"응, 열심히 할게!"

그렇게 티나와 헤어지고 나와 유리나 씨는 기사단 훈련장으로 갔다.

"첫 훈련이니 내가 옆에서 알려주지."

"고마워요."

나도 티나와 유리나 씨에게 지지 않게 정신 바짝 차리자!

우리 둘은 기사단 훈련장에 도착했다.

그곳에는 이미 수천 명의 사람이 모여 있었다.

저마다 복장은 다르지만, 하나같이 활동하기 편한 차림새였다.

훈련 복장은 자유이며, 임무나 공적인 일로 움직일 때는 정해진 복장이 있다고 한다.

훈련은 아침, 낮, 밤으로 나뉜다.

임무나 다른 일정에 따라서 어느 시간대에 훈련을 할지 정해진다.

나는 오늘 아침 훈련이 잡혔지만, 앞으로는 어떨지 알 수 없다.

수천 명이나 되는 기사들이 흐트러짐 없이 대열을 정렬하기 시작했다.

유리나 씨는 나를 옆에 세웠다.

그 상태로 잠시 기다리자 앞쪽에 예레 씨가 나타났다.

예레 씨는 단상에 올라서 정렬한 기사들을 훑어봤다.

"안녕하십니까."

""안녕하십니까!""

예레 씨가 평소보다 조금 큰 목소리로 꺼낸 말을 기사들이 몇 배나 큰 목소리로 복창했다.

우렁찬 소리에 살짝 기가 눌리고 말았다.

"오늘도 다 같이 힘냅시다."

""옛!""

예레 씨는 그 말을 끝으로 고개를 살짝 숙이고 곧 단상에서 내려갔다.

나중에 유리나 씨에게 묻자 항상 아침에는 예레 씨가 인사를 하러 온다고 했다.

단장이라서 틀림없이 바쁠 텐데 매일 빠지지 않고 얼굴을 비추는 예레 씨에게 기사들은 존경심을 품는 듯했다.

그렇게 예레 씨가 떠나고 바로 훈련이 시작됐다.

처음에는 10킬로미터 구보와 근력 운동부터였다.

이곳에서 하는 훈련은 처음이지만, 이 정도라면 어릴 때부터 쭉 해오던 수준이라서 간단했다.

주변 사람들도 익숙해 보이지만, 나보다 여유가 있는 사람은 유리나 씨를 포함해 아무도 없는 듯했다.

유리나 씨는 여타 기사보다 체력이 있나 보다.

"헉, 헉…… 에릭은, 별로 지친 것 같지 않군."

"이 정도는 괜찮아요."

근력 운동이 끝난 뒤 바로 무기를 이용한 훈련으로 넘어갔다.

각자 소지한 무기가 달라서 처음에는 같은 무기를 쓰는 사람끼리 모여서 훈련을 진행했다.

나와 유리나 씨는 검을 쓰므로 무기가 같은 사람들과 함께 검을 휘둘렀다.

검을 쓰는 사람만 수백 명이 있었는데, 그중 가장 자세가 깔끔한 사람은 나……는 아니고 유리나 씨였다.

귀족이라서 검술 선생님에게 가르침을 받았다고 했었지. 검을 쓰는 자세를 객관적으로 보고 고쳐주는 사람이 곁에 있었으니까 그토록 행동에 군더더기가 없는 거겠지.

나는 전생에서 크리스토에게 배웠지만, 이번 생에서는 바로잡아 줄 사람이 없던 탓에 오로지 주관으로만 검을 배웠다.

어쩌면 이 중에서 자세가 가장 엉망인 사람은 내가 아닐까.

그렇게 생각하니까 부끄러웠지만, 너무 신경 쓰지 말고 정신을 집중해서 검을 휘둘렀다.

그리고 얼마 동안 그러고 있으니 이번에는 다른 무기를 가진 사람끼리 조를 짜서 연습하게 됐다.

한 그룹 당 약 열 명씩, 2인 1조가 되어 싸운다고 했다.

유리나 씨와는 어제 한 번 싸웠으니까 일단 헤어지고 다른 사람과 조를 짰다.

"잘 부탁합니다."

"못 보던 얼굴인데, 신병인가? 꽤 어려 보이는군."

가까이 있던 사람이 불러줘서 싸우기로 했다.

흰머리가 섞이고 얼굴에 약간 주름도 졌다. 이미 몇 년이나 기사로 지냈을 법한 사람이었다.

"네. 어제 입단했습니다. 나이는 열여섯 살이에요."

"열여섯?! 야, 그건 거짓말이지? 수습이 되는 조건이 열여섯 살인데."

"네? 그래요?"

뭐야, 그런 말은 처음 듣는데…….

"그게, 예레 씨…… 단장님 권유로 들어와서요……."

"단장님이?! 그 나이에 추천 입단은 듣도 보도 못했어. 어쩌면 역대 최연소 입단일지도 몰라."

그러면서 그는 털털하게 웃었다. 말하기 편한 선배다. 경의를 담아…… 아저씨라고 부르자. 마음속으로만.

절대로 무시해서 그러는 게 아니다. 그냥 이웃에 살던 친근한 아저씨 같은 분위기가 나서 그렇다.

"그럼 시작할까? 내가 나이는 갑절은 많아도 단장님이 추천한 실력이면 안 봐준다!"

"……네, 잘 부탁합니다."

서로의 공격권에서 한 걸음 떨어져 자세를 잡았다.

아저씨의 무기는 창이다.

창과 검은 공격 거리가 다르다.

아저씨라면 내 공격이 닿지 않는 곳에서도 마음껏 공격을 가할 수 있다.

간격을 유지하며 상대방이 안쪽으로 파고들지 못하게 하는 것이 창의 전법.

예상대로 아저씨는 한 발 내디디고 창을 쭉 뻗었다.

역시 숙련된 기사답게 내디딘 걸음은 은밀했고, 또 빨랐다.

창끝은 나무라서 맞아도 죽지는 않겠지만, 잘못 맞으면 상처는 입을 것이다.

나는 창을 아슬아슬하게 피하며 거리를 좁혔다.

아저씨는 내 행동을 예상한 것처럼 창을 옆으로 휘둘러 접근을

막으려고 했다.

하지만 돌진을 막는 창을 받아넘기며 나는 걸음을 늦추지 않았다.

"으랴!"

창을 되돌려도 늦었다고 깨달은 아저씨는 다가오는 내게 맞춰서 발차기를 날렸다.

머리 측면으로 날아든 발을 숙여서 피하고 아저씨의 남은 다리를 검으로 후린다.

발차기를 하느라 한쪽 다리로 섰던 탓에 아저씨는 쉽게 넘어갔다.

땅에 엎어진 아저씨의 목에 검을 갖다 댔다.

"……하이고, 졌구만."

"대련해주셔서 감사합니다."

아저씨는 내가 내민 손을 잡고 일어섰다.

"역시 추천 입단이라 그런지 강해. 용케 그렇게 강해졌어."

"아뇨, 아직 멀었어요. 아저씨……도 강하시네요."

"너, 지금 아저씨라고 했지? 심지어 아무런 망설임도 없이 튀어나오는 걸 보면 계속 속으로 그렇게 불렀지?"

"오해예요."

의외로 감이 좋은 아저씨다.

그나저나 방금 나보다 나이가 두 배는 많다고 했는데…… 그래도 전생의 나이를 합치면 아마 내가 연상이다.

나도 정신적으로는 아저씨라는 말이지. 친해질 수 있겠어.

"뭐, 아저씨는 아저씨지만."

"그럼 앞으로도 그렇게 부를게, 아저씨."

"그런다고 바로 말 놓냐……. 나한테는 괜찮지만, 다른 선임한테는 그러지 마라?"

"괜찮아. 아저씨한테만 이러는 거야."

"그렇게 말하면 열 받는데."

역시 아저씨에게는 반말이 입에 감긴다. 이렇게 친근한 아저씨는 귀하지.

생각해보면 이번 생에 생긴 첫 남자인 친구군. ……처음이 이 아저씨라고?

"……좀 그러네. 역시 친구는 아닌 걸로."

"너 인마, 내 얼굴 보고 인상 쓰면서 뭐라는 거야."

역시 첫 남자 친구는 전생에서도 현생에서도 크리스토가 좋다.

아저씨가 처음이라니, 인정하고 싶지 않다.

크리스토랑 만나서 친구가 되면 그다음에 친구 해줄게, 아저씨.

"너, 마음속으로 나 흉봤지? 얼굴에 다 쓰여 있어."

"오해예요."

"왜 이번엔 존댓말이냐?"

그 뒤 한 시간 동안 짝을 바꿔 가며 일대일 싸움을 했다.

아저씨와는 여러 번 연속으로 붙었지만, 한 번도 지지 않았다.

딱 한 판이라도 이기고 싶었나 보지만, 나도 그냥 져줄 만큼 약하지는 않다.

아저씨와 헤어진 뒤로도 몇 사람과 싸웠으나, 유리나 씨보다 강하다고 판단되는 사람은 없었다.

유리나 씨를 힐끗 보니 어떤 남자의 목에 검을 대고 있었다.

역시 유리나 씨는 수습에서 올라온 지 얼마 되지 않았어도 평범한 기사에게 질 실력은 아닌 모양이었다.

한 시간 동안 아무에게도 지지 않고 끝나서 다행이다.

그리고 다음 훈련은 일 대 다수 전투였다.

다섯 명이 조를 짜고 그중 한 사람을 포위해서 4 대 1로 싸운다.

제법 힘든 훈련이겠지만, 아주 좋은 경험이 될 것 같았다.

이렇게 사람이 많으면 이런 훈련을 할 수 있어서 좋다. 마을에 있을 때는 혼자 다수의 사람과 싸우는 경험은 할 기회가 없었다.

이번에는 나와 유리나 씨, 그리고 아저씨도 모여서 한 조가 됐다.

"처음에는 내가 혼자 싸우지. 에릭, 봐주지 마라?"

"안 봐줘. 걱정하지 마, 아저씨."

아저씨를 중심으로 나와 유리나 씨를 포함해 네 명이 둘러쌌다.

그로부터 3분간, 아저씨에게는 지옥이 펼쳐졌다.

유리나 씨와 나, 다른 두 명이 차례대로 사방팔방에서 덤벼들었다.

아저씨는 몇 년이나 이 훈련을 한 연륜이 있어서인지 익숙하게 공격을 피했다.

하지만 내가 사각에서 몸과 다리를 공격하자 그 통증에 행동이 느려졌고, 잘 피하던 공격도 하나둘 맞기 시작했다. 그러면서 사각을 노린 내 공격도 더 쉽게 맞았다.

끝내는 단순히 고통을 견디는 고행이 되어 버렸다.

3분이 지나고 아저씨는 제자리에 털썩 쓰러졌다.

"아야야…… 야, 좀 봐주면서 해."

"아저씨, 아까랑 말이 반대잖아."

그래도 힘은 빼서 쳤다. 목검으로 힘껏 때렸다가는 뼈가 부러질 거다.

"네가 어디 있는지 모르겠어……. 기척 좀 내고 다녀."

"지금 나한테는 칭찬이야."

기척을 없애는 기술은 전생의 내게 필요하던 능력이었다.

모순된 말처럼 들리겠지만, 싸움터에서 살아남으려면 얼마나 싸움을 피하느냐가 관건이다.

전쟁에서 아무와도 싸우지 않으면 살아남을 확률은 높은 법이다.

나는 전쟁터에서 기척을 없애고 정면승부를 될 수 있는 한 피했다. 대신 방금 아저씨와 싸울 때처럼 사각에서 공격했다.

전쟁은 훈련과 달리 진검으로 싸운다. 그리고 몸과 다리를 공격할 바에야 머리나 목을 노려야 확실하게 죽일 수 있다.

현생에서도 숲에서 마물을 찾을 때 기척을 없애고 다녔다.

티나도 나와 함께 다니면서 은밀한 이동이 많이 늘었지……. 마법사에게는 그다지 필요 없는 기술이라고 생각했지만, 향후 도움이 될지도 몰라서 티나와 함께 연습했다.

아저씨 다음으로 유리나 씨를 둘러쌌다.

유리나 씨는 나를 경계해서 쭉 나를 주시했다.
나를 항상 정면에 둔 채로 네 사람과 싸웠다.
그 작전은 꽤 유효하여 아저씨보다 공격당한 횟수는 적었지만, 실전적이지는 않았다.
그건 내가 가장 강하다는 사실을 미리 알고 있기에 가능한 전법이다. 처음 만나는 무리에서 순간적으로 가장 강한 자를 가늠하기는 어렵다.
순식간에 강자를 파악하는 경험을 쌓으면 되지만…… 유리나 씨는 나와 싸우기 전에는 내게 이길 수 있다고 생각했었으니 아직 그런 안목은 없다고 봐야겠지.
내가 그 점은 지적하자 유리나 씨는 수긍했다.
"그렇군……. 나는 『연습의 연습』을 한 셈인가. 『실전의 연습』을 해야 하는데."
"앞으로 강자를 알아보게 되면 그 경험이 도움이 될 테니까 의미가 없지는 않겠지만요……."
"아직 그 영역에는 도달하지 못했으니까 그러기에는 아직 이르다는 말이군. 알았어, 충고 고맙다."
유리나 씨는 이런 충고를 순순히 받아들이는 사람이구나.
너무 가르치려고 들었나 싶었지만, 충분히 납득하고 들어줬다.
이런 사람은 훈련이나 경험의 흡수 속도가 빠르지……. 나도 따라잡히지 않게 노력해야겠다.
그리고 내 차례가 왔다.

"아까 당한 만큼 돌려주마, 에릭."

"해보든가, 아저씨."

정면에 아저씨가 있고, 뒤에는 유리나 씨, 좌우에도 한 명씩 적이 있다.

나는 집중하고…… 눈을 감았다.

"아? 왜 눈을 감아?"

"이게 내 방식이니까. 시작해도 돼."

"그러냐, 후회해도 모른다."

아저씨는 그러고 나서 말없이 행동에 나섰다.

내가 눈을 감아도 방심하지 않고 정면이 아니라 살짝 대각선으로 이동해 공격했다.

—하지만 내게는 보인다.

머리를 노린 공격을 숙여서 피한다.

공격이 빗나가 아저씨가 숨을 헉 들이켰지만, 바로 검을 빼서 연속으로 공격해 왔다.

나는 눈을 감은 채로 전부 피하고 받아넘겼다.

뒤에서 공격이 온다. 아마 유리나 씨다.

몸을 향한 공격을 검으로 흘리고 그대로 반격했다. 내가 공격하지 말아야 할 이유는 없었다. 다만, 보통은 그럴 여유가 없을 뿐.

"큭!"

목소리를 들으니까 역시 유리나 씨였다. 유리나 씨는 공격을 받고 조금 물러났다.

그 후로도 옆에서, 앞에서, 뒤에서 공격해 왔지만, 나는 눈을 감고 계속해서 피했다.

이건 순수하게 내가 생각해낸 싸움법이다. 전생에서 크리스토에게 말했을 때, 뭐 잘못 먹었냐는 소리를 들은 기억이 난다.

눈을 감으면 소리가 잘 들리고 바람의 흐름을 느끼기 쉽다.

다수의 적과 싸울 때 나는 눈을 감아 버리는 게 편했다.

이건 아마 다른 사람에게는 참고가 되지 않을 테니까 가르쳐줄 수도 없겠지.

그러니까 유리나 씨, 싸우면서 혼잣말로 「나중에 알려달라고 해야지」라고 하지 마세요. 다 들리니까.

다른 사람보다 조금 길게, 5분 이상 싸웠지만 호흡이 조금 흐트러졌을 뿐, 아직 여력이 있었다.

그래서 훈련을 이어가려고 하던 때— 갑자기 바람의 흐름이 변했다.

"—윽?!"

나는 정면에서 무서운 속도로 날아든 공격을 아슬아슬하게 막았다.

그 충격으로 몇 미터 뒤로 밀려났지만, 간신히 넘어지지는 않았다.

지금 그건 뭐야?! 지금까지의 공격과는 차원이 달라!

바람을 통해 다른 사람이 갑자기 난입해 공격한 사실은 알았지만, 이렇게 강한 공격일 줄은 몰랐다.

눈을 떠서 누가 공격했는지 확인했다.

"오오, 눈을 감은 상태로 내 공격을 막아? 제법인데!"

눈앞에는 한 남자가 서 있었다.

짧은 흑발, 얼굴의 굴곡이 뚜렷하지만 아버지 정도는 아니다. 아버지가 조금 건들건들해진 느낌과 비슷하다.

그 사람이 목도를 어깨에 얹고 나를 보며 씩 웃고 있었다.

"난데없이 뭡니까?"

여기 있는 것을 보아 이 사람도 기사겠지. 아마 선배나 상관일 테니까 존댓말을 쓰지만, 말은 자연스럽게 거칠어졌다.

"잠깐 정도는 괜찮잖아? 실력 좀 보자."

실실 웃으며 말하는 그 사람에게 짜증이 났다.

"일단 일대일로 붙어 보자고. 이야기는 그다음에 해."

건들건들한 사람이 막무가내로 상황을 끌고 가지만, 지금은 다수와 싸우는 훈련 중이다. 마음대로 훈련 내용을 바꿔도 되는 걸까?

그렇게 생각해서 아저씨 쪽을 보았으나, 아저씨는 웃으며 엄지를 세웠다.

"힘내라, 에릭. 그 사람 강하다?"

아니, 힘내라가 아니잖아. 괜찮아? 훈련 중에 딴짓을 해도…….

유리나 씨와 다른 사람들도 아무 말이 없으니까 괜찮겠지?

"……알겠습니다."

"그렇게 나와야지."

그 사람은 옷에서 뭘 꺼내서 입으로 가져갔다.

자세히 보니까 위스키병이었다. 그는 망설임 없이 그걸 들이켰다.

아니, 잠깐만. 아무리 그래도 그건 아니지?! 훈련 중에 술을 마셔?!

아니야, 병은 술병이지만 어쩌면 내용물은 술이 아닐지도…….

"크으, 역시 싸우기 전엔 술을 마셔줘야지."

술 맞네. 자기 입으로 떠벌렸다.

저런 행위가 용인된다고?

아저씨를 봐도 주의를 주려는 기미조차 없었다.

혹시 저 사람은 아저씨의 상관인가……?

"어어, 취한다. 알딸딸하니 좋네."

……아마 아니겠지. 저런 사람이 아저씨의 상관이라고 생각하고 싶지 않다.

싸우자는 이야기는 본인이 꺼냈으면서 벌써 걸음걸이가 휘청거렸다.

"저기요, 괜찮아요?"

도저히 싸울 수 있는 상태가 아니라고 보는데?

"으응, 괜찮아. 이쯤이야 가뿐하쥐, 가뿐홰."

아무리 봐도 가뿐해 보이지 않으니까 한 소리다……. 이미 혀도 꼬였잖아.

"그럼 시작한다……."

그러면서 싸울 자세를 잡지만, 그 자세마저 흐느적거렸다.

"얀마~ 덤벼~."

……덤벼도 돼? 정말로 돼?

"뭐 해~? 안 오면…… 내가 간다!"

"……?!"

휘청거리고 있었는데 방금과 거의 같은 속도로 돌진하여 경악했다.

황급히 목검으로 막아— 보려고 했지만, 온 것은 목도가 아니라 몸이었다.

"아이쿠야, 미안."

달려온 것까지는 좋지만, 속도를 주체하지 못하고 내게 안겨들었다.

"뭐얏, 떨어져!"

내 등을 끌어안은 손을 떼서 떨어뜨리려고 한 그때—.

"—읏?!"

내 사각에서 목을 향한 목도가 날아왔다.

방금과 똑같이 기척과 바람을 읽어서 피했지만…… 정말로 아슬아슬했다. 머리카락이 스쳤다.

"이야, 지금 그걸 피해? 좀 하네~"

"이 인간이……!"

실실 웃는 꼴을 보면 지금 공격은 노리고 한 짓인가?

취한 건 연기였나. ……꼭 그런 것 같지는 않다.

저 휘청대는 모습은 연기로 보이지 않는다.

그렇다면 저 상태를 감안한 공격인가?

다음에 또 그런 공격을 하면 확실히 막아낼 보장이 없다.

그렇다면, 내가 간다!

나는 단숨에 접근해서 상대의 몸으로 목검을 휘둘렀다.

"어이쿠……."

하지만 비틀대면서도 날쌔게 피해버렸다.

"큭!"

몇 번이고 목검을 휘두르지만, 그때마다 흐느적흐느적 피하거나 막혔다.

이 모양인데 왜 안 맞아?!

내가 말하기도 그렇지만, 검을 휘두르는 속도는 이 사람보다 확실하게 빠를 텐데!

"이욥, 호잇."

그리고 꺼내는 말이 하나하나 짜증나!

진정해라…… 상대방에게 휘둘리지 마라. 저 깐족거림도 상대의 의도라고 생각해라.

짜증을 부려서 좋을 건 하나도 없다. 검이 둔해질 뿐이다.

침착함을 되찾으려고 일단 떨어져서 눈을 감고 심호흡했다.

눈을 감으면 허점이 생긴다고 생각하겠지만, 지금 치고 들어오면 당장 반격할 수 있다.

그 사실을 아는지, 상대는 공격해오지 않았다.

그러고 보니 이 사람이 왔을 때부터 나는 살짝 짜증이 나 있었다. 갑자기 덤벼들었으니까 짜증이 나는 게 당연하겠지만, 그것조차 이 사람의 의도일지도 모른다.

마음을 가라앉혀라…….

"후우……."

나는 짜증이 사라졌다고 자각한 뒤에 눈을 떴다.

이제 상대의 움직임이 확실하게 보일 것이다.

"끝났어~?"

"네. 오래 기다리게 했네요."

상대방은 또 위스키병을 꺼내서 술을 마시고 있었다.

현혹되지 마라……. 이 사람은 술을 마셔도 강하다.

응? 뭐야, 진정하고 보니까 뭔가 이상하다?

—아?! 이 사람…… 왼팔이 없다.

왼팔이 있으면 옷소매가 저렇게 납작하게 처질 리 없다.

조금 전까지 오른팔에 들었던 목도도 지금은 허리춤에 차고 대신 술병을 들고 있었다.

보통은 오른손에 목도를 든 채 왼손으로 꺼낼 수 있을 텐데 왜 굳이 목도를 허리에 차는지 이상했는데…… 그런 이유였나.

"그럼 간다~"

내가 그 사실에 놀라는 것도 전혀 모르는 눈치로 가볍게 말했다.

병을 옷에 넣고 또 휘청대면서도 빠르게 접근해 왔다.

그러나 이번에는 그럴 줄 알고 정확하게 대처했다.

목도로 공격해도 흘려서 막았다.

목도를 휘두르는 팔도 흔들거려서 어디서 공격해 오는지 모르겠지만, 침착해진 나에게 사각은 없다.

하지만 새삼스럽게 관찰하니까 이 사람의 대단함을 알겠다.

보통은 이렇게 취한 상태로 검을 휘두르면 변변히 힘을 쓰지 못한다.

그런데 이 사람의 공격은 굉장히 묵직했다. 어쩌면 유리나 씨와 비등할지도 모른다.

심지어 외팔로 휘두른 검인데도 말이다.

공격을 간파하고 피하며 틈이 생기기를 기다린다.

—지금!

공격이 멎은 순간, 상대의 다리로 목검을 휘둘렀다.

이 사람의 공격이 멈춘 순간은 가장 크게 휘청거렸을 때였다.

그 순간 다리를 공격하면 아무리 이 사람이라도…….

"허이차."

라고 생각했는데 점프해서 피해 버렸다.

그 자세에서 점프가 가능하다고?!

그리고 낙하하는 무게를 실어서 목도를 내리쳤지만, 간신히 막고 일단 거리를 뒀다.

이 사람, 정말로 강하다……. 지금은 아마 공격받을 줄 알고 피한 거다.

내가 다리를 노릴 줄 몰랐다면 그 타이밍에 점프할 리가 없다.

취한 상태로 싸우면서 이렇게 강하다니…… 맨정신이면 얼마나 강할까.

"하하~ 이번 건 서로 위험했어."

실실 웃지만, 얼굴에서는 약한 긴장감이 보였다.

"그러네요……."

한 번 더 똑바로 호흡을 가다듬고 자세를 잡았다.

맨정신이 아니어도 이 사람은 강자다. 방심하면 진다.

"그럼 한 번 더…… 읍?!"

능글맞던 얼굴이 일변해서 갑자기 낯빛이 새파래졌다.

"망했다, 올라온다……."

"네?"

입을 막고 주절거리던 그 사람은…… 그대로—.

"야, 부단장님 토하셨다. 물이랑 청소 도구 가져와."

아저씨가 멀리서 하는 소리가 들렸다.

이 사람…… 부단장이었나. 나는 지금 그 사람의 등을 문질러주고 있었다.

"미, 미안…… 읍."

"……아니에요."

이 상태로 계속 싸우기는 힘들겠지.

후…… 처음부터 끝까지 휘둘리다가 끝났다.

◇ ◇ ◇

에릭과 유리나와 헤어지고 나는 혼자 마법 기사단 훈련장으로 갔다.

어제 안내받아서 헤매지 않고 올 수 있었다.

기사단 쪽 훈련장과 제법 떨어져 있고 이쪽은 마법을 써야 해서 벽이 굉장히 튼튼하다고 들었다.

훈련장에 도착해서 주변을 돌아보자 수천 명의 선배가 있었다.

대부분 여성이지만, 드문드문 남자도 보였다.

"티나~!"

멀리서 내 이름을 부르는 소리가 들려서 돌아봤다.

"앗, 비비아나 씨!"

내게 손을 흔들며 다가온 사람은 어제 안내역을 맡아준 비비아나 씨였다.

비비아나 씨는 같은 방에 살고 아주 착한 사람이다.

웃는 모습이 굉장히 귀여워서 나도 덩달아 웃음이 나왔다.

"하루 만에 또 보네? 아침에 일어나니까 벌써 없어져서 깜짝 놀랐어."

"죄송해요, 아침 일찍 일어나서 도시락을 싸느라고."

세상모르고 잠든 비비아나 씨를 차마 깨우지 못했다…….

"그랬구나~ 직접 밥도 해 먹구 장하네~"

"아, 제 것도 있지만…… 어제 얘기한 에릭의 아침밥을 만들려고요."

"아~ 티나 남자친구랬나?"

"나, 남자친구 아니에요! 가족이에요!"

그렇다. 나와 에릭은 애인 같은 어중간한 관계가 아니다.

성씨가 같다…… 한마디로 이미 가족, 부부라는 뜻!

……라는 건 과장일지도 모르지만, 그래도 애인보다 훨씬 끈끈한 인연으로 묶인 사이이다.

“그래~? 에릭은 귀엽고 멋있다고 했지?”

“네, 물론이죠!”

어제 안내받으면서 비비아나 씨에게는 에릭의 대단한 점을 미주알고주알 들려줬다.

강하고 멋있는 점부터 울거나 잠들었을 때 얼굴이 무척 귀엽다는 점까지.

“그런 아이가 가족이라 부러워~ 나두 가족 되고 싶다.”

“진심으로 하는 말이라면 어떻게 될 생각인지 캐묻고 싶은데 어쩌실래요?”

“응? 왜 그렇게 화났어, 티나?”

“……아무것도 아니에요.”

이 사람은 아무 생각 없이 이런 말을 꺼내서 간혹 심장이 철렁한다.

어제도 대화하던 도중 에릭이 남자친구면 좋겠다고 말했는데 진심으로 하는 말 같지는 않으니까 괜찮겠지.

그래도 사람 마음은 언제 바뀔지 모르니까 방심은 금물이다.

“다들 줄 서니까 티나도 가서 서.”

주변을 돌아보니 이곳에 모인 인원이 정렬하기 시작했다.

“그래요. ……비비아나 씨는 줄 안 서나요?”

“나는 앞으로 나가야 해서~”

그러면서 또 내게 손을 흔들고 앞쪽으로 갔다.

왜 앞으로 가지? 비비아나 씨는 앞줄에 서야 하나?

그렇게 생각하면서 선배들에게 섞여 정렬하고 잠시 기다리자 앞쪽 단상에 사람이 올라가서 우리를 내려다봤다.

"안녕."

""안녕하십니까! 안네 단장님!""

어제 내가 인사하러 간 마법 기사단 단장 안네 씨였다.

태도가 당당하고 아름다운 사람이다.

"열심히 하렴."

안네 씨는 단 한마디만 남기고 단상에서 내려갔다.

그 말은 무척 짧지만, 어째선지 마음에 울렸다.

""예! 감사합니다!""

정렬한 사람들, 특히 여자들의 목소리가 훈련장에 울려 퍼졌다.

"아아, 안네 님은 오늘도 아름다우셔……."

"저 존안을 아침부터 뵐 수 있어서 영광이에요……."

내 양옆에 선 여성이 황홀한 얼굴로 중얼거리는 소리가 들렸다.

확실히 여자가 봐도 안네 씨는 아름답고 멋지다.

나도 저렇게 되면 에릭이 더 기대어줄까……. 힘내야지!

그렇게 생각하면서 앞을 보는데 방금까지 수다를 떤 비비아나 씨가 단상에 올라왔다.

"안녕~"

""안녕하십니까! 비비아나 부단장님!""

뭐…… 부단장님?

비비아나 씨가 부단장이야? 몰랐다…….

저 사람, 스무 살이라고 하지 않았나?

주위에 있는 여성들보다 확연히 나이가 어린데 부단장일 줄은…….

"오늘도 열심히 하자~"

""예! 감사합니다!""

비비아나 씨가 말하자 이번에는 남자들이 우렁차게 답했다.

남자가 더 적은데 이렇게 목소리가 크게 들리다니…….

"아아, 비비아나, 완전 천사야……."

"저 웃음을 매일 보려고 나는 마법 기사단에 들어왔지……."

앞뒤로 남자들이 수군거리는 목소리가 들렸다.

비비아나 씨가 귀엽기는 하지만…… 이런 극성스러운 사람도 있구나.

비비아나 씨가 단상에서 내려온 뒤 곧바로 훈련이 시작됐다.

처음에는 달리기였다.

마법을 쓰면 체력은 필요 없다고들 하지만, 실제로는 그렇지 않다.

마법을 많이 쓰면 굉장히 지치니까 체력 단련은 중요하다.

달리기는 마을에 있을 때부터 에릭과 했으니까 별로 힘들지 않았다.

기사단은 마법 기사단의 두 배 이상 달린다고 한다.

에릭도 아마 지금쯤 달리고 있겠지. 그렇게 생각하면서 달리기를 마쳤다.

그 후 그룹을 나누어 훈련을 한다는데, 나는 비비아나 씨에게 불려갔다.

"비비아나 씨, 왜 부단장이라고 말씀 안 해주셨어요?"

"말 안 했나?"

"안 했어요!"

"그랬나? 그럼 알려줄게. 나, 부단장이야~"

"지금 말해도 늦었어요!"

워낙 독특한 사람이라서 이래저래 휘둘리는 기분이다…….

비비아나 씨를 따라가자 단장인 안네 씨가 있었다.

"안네 씨~ 티나 데리고 왔어요~"

"수고했어. 티나 아울린, 지금부터 시험을 시작할게. ……그런데 왜 히죽대?"

"앗…… 죄, 죄송해요."

아울린이라고 불리면 에릭과 같은 성이라는 생각에 입꼬리가 올라간다.

안 돼, 정신 똑바로 차리자…….

"잘 부탁드립니다!"

"이 시험에서 마법 기사단에 들어올 실력이 없다고 내가 판단하면 수습부터 시작해야 해. 명심하도록 해."

"네!"

에릭과 나란히 서기 위해서는 마법 기사단 입단을 인정받아야만 한다.

반드시 합격하겠어!

◇ ◇ ◇

"후우…… 피곤한 하루였어."

아침부터 낮까지 훈련을 마친 나는 기사의 업무에 관한 설명을 들었다.

주로 왕도 순찰과 건물 및 거리 경비를 맡는다고 한다.

우리 마을에 온 예레 씨처럼 가끔 원정 임무도 있지만, 자주 있는 일은 아니라는 모양이다.

오늘은 다양한 곳으로 가서 설명만 받고 끝났지만, 내일부터는 내게도 업무에 배정될 예정이다.

오후는 설명으로 끝나서 몸은 별로 피곤하지 않지만, 오전 훈련이 정신적으로 너무 피곤했다.

그 부단장은 어제부터 술을 퍼마셔 숙취가 있었는데, 훈련장에서도 술을 마시고 나와 격렬한 전투까지 벌인 탓에 속이 완전히 뒤집어진 모양이었다.

심지어 그 자식…… 내가 의무실로 옮기려고 등에 업은 순간 또 토했다!

육체적인 피해는 전혀 없지만, 정신적 피해가 막대하다…….

샤워를 하고 옷도 갈아입었건만, 아직도 냄새가 나는 기분이다…….

아니, 아마 진짜 나겠지.

지금 식당으로 가는 중인데 유리나 씨가 아침보다 거리를 두고 있다.

"……유리나 씨."
"응?"
"냄새나요?"
"……미안하다."
외면하면서 사과하면 더 상처받으니까 그러지 마시죠……!
이건 그 부단장의 냄새야!
내 냄새가 아니라고!
그렇게 생각하며 저녁을 먹으러 식당으로 왔다.
거기서도 내가 걸어가면 근처에 있는 사람이 돌아봤다.
인상 쓰고 돌아보더니 내 주위에서 사람이 멀어져 간다.
그렇게…… 냄새가 심해?
이제는 좀 떨어져 있어도 근처에 있어 주는 유리나 씨가 천사 같다.
식사를 받아서 자리에 앉았다.
물론 그곳에서도 내 주위에는 아무도 없었다.
"하, 한 번 더 씻으면 냄새도 빠지겠지. 너무 걱정하지 마."
"……고맙습니다."
노골적으로 피해서 낙심한 나를 보고 유리나 씨가 격려해줬다.
설마 이다지도 정신적으로 힘들 줄을 몰랐다…….
"에릭! 유리나!"
티나가 내게 손을 흔들며 다가왔다.
식사를 들고 웃으며 오는데…… 이쪽으로 올수록 인상이 일그러졌다.

"에릭, 유리나. 여기 무슨 냄새 안 나? 다른 데서 먹자."

"으윽……!"

오자마자 한다는 소리가 이건가……. 마음에 비수가 되어 꽂혔다.

"티나, 유감스럽지만 이건 에릭한테서 나는 냄새다."

"유리나 씨, 그렇게 말하면 제가 상처받아요. 달리 뭐라고 설명해야 될지는 저도 모르겠지만."

맞는 설명이지만, 이유를 말하지 않으면 큰 오해를 산다.

"어…… 에릭, 방귀라도 뀌었어?"

"귀엽게 감싸줘서 고마워, 티나. 근데 이 냄새는 더 심각한 거야."

처음부터 차근차근 설명했다. 이건 내 탓이 아니라고 해명하기 위해서.

"그럼 그 기사단 부단장님이 에릭한테 토했어?"

"그래. 그러니까 이건 내 냄새가 아니야. 부단장 냄새지."

"에릭, 그 말도 오해의 소지가 있지 않나……?"

아니, 이건 그 부단장 냄새다. 이견은 받지 않겠다.

"에릭한테…… 토해? 유리나, 그 자식 어디 갔어?"

"일단 부단장님이니까 그 자식이라고 부르지 않는 편이……."

"유리나, 그 자식 어디 있어?"

"힉?! 에릭이 의무실로 옮겼고, 그다음은 몰라……!"

왠지 또 티나가 검은 오라를 풍기며 유리나 씨에게 몸을 내밀고 있었다.

"티나~ 같이 먹자~"

내가 말리려던 때, 멀리서 티나를 부르는 소리가 들렸다.
"앗, 비비아나 씨!"
티나가 검은 오라를 쑥 집어넣고 웃는 얼굴로 대답했다.
티나의 친구인가……?
마법 기사단에서도 친구가 생겼나. 잘됐다.
"……여기 냄새 안 나?"
"크흑?!"
이름도 모르는 사람에게 듣는 것도 너무 힘들다……!
"아, 네가 에릭이야? 티나한테 이야기 들었어."
"엇, 아, 네. 에릭이에요."
아마 연상일 그녀가 갑자기 얼굴을 들이밀며 웃어서 가슴이 두근거렸다.
"……비비아나 씨? 에릭한테서 떨어—."
"에릭, 냄새나……."
"……떨어졌으면 됐어요."
"되긴 뭐가 돼!"
내가 냄새나는 것 같잖아! 정답이지만, 정답이 아니야!
"그게 말이죠, 이 냄새는 부단장님 때문이에요……."
"엥? 내 냄새는 아닌데~?"
"응? 아뇨, 그쪽 냄새라는 게 아니라……."
"부단장이라구 했잖아?"
응? 왜 말이 자꾸 엇나가지?

"에릭. 이 사람은 비비아나 스파노 씨라고, 마법 기사단 부단장님이야."

"앗, 그랬었군요……!"

그래서 부단장이라는 말에 반응했나.

"죄송합니다, 제가 모르고 실례되는 발언을……."

"괜찮아. 그리고 더 편하게 말해두 돼~"

"그, 그래요? 그러면 적당히 낮출게요."

밝고 호의적인 사람이다. 부단장이라고 믿어지지 않을 만큼 말도 편하게 건다.

"그런데 너는……?"

"소, 소개가 늦었습니다. 저는 유리나 카슈팔이라고 합니다. 앞으로 잘 부탁드리겠습니다."

앉아 있던 유리나 씨가 어느새 일어나서 고개 숙이고 있었다.

역시 귀족이라서 그런지 격식을 차린 자세가 무척 깔끔했다.

"유리라구 하는구나? 친하게 지내~ 유리도 그렇게 딱딱하게 굴지 말구 평범하게 말해~"

"아, 아뇨, 그럴 수는, 감히 어떻게……."

원래는 이런 반응이 맞나……?

예레 씨, 아침에 토한 부단장, 그리고 비비아나 씨까지. 나는 이곳의 상급자들과 너무 편하게 지내는 건지도 모르겠다.

"아 참, 에릭! 나, 마법 기사단에 입단했어!"

"오, 그래? 축하해."

"……에릭, 반응이 너무 밋밋하지 않아?"

불만을 드러내려는 듯 티나가 볼에 바람을 넣고 노려봤다.

"그야 뭐…… 티나라면 무조건 합격할 거라고 믿었으니까."

티나의 실력은 내가 가장 잘 안다.

그 마법 실력으로 못 들어가면 대체 어떤 인간이 입단할 수 있을까.

"에, 에릭…… 나를 그렇게 믿어줬어? 부끄러워."

티나가 볼을 잡고 몸을 배배 꼬았다. 앉아서 저렇게나 움직일 수 있다니, 몸이 참 유연하군.

"에릭."

네 명이 저녁을 먹는데 예레 씨가 찾아왔다.

"찾고 있었습니다. 역시 식당에서 사람을 찾기는 어렵네요."

"수고를 끼쳐서 죄송합니다. 무슨 용건이시죠?"

앉은 채로 대화하는 건 아무래도 무례하다고 생각하여 일어나서 대답했다.

유리나 씨와 티나도 일어났지만, 비비아나 씨만 앉아서 저녁을 계속 먹었다.

자기만의 세계에 사는 사람이군…….

"이건 유리나 씨도 들어야 할 이야기입니다."

"저, 저도 말인가요?"

유리나 씨는 예상치 못한 지목에 당황했다.

"갑작스럽게 죄송하지만…… 남자 방에 자리가 나서 에릭의 방을 바꾸려고 합니다."

"네……?"

정말로 갑작스러워서 저절로 말이 나와 버렸다.

가능한 한 빨리 바꿨으면 했지만…… 너무 빠르지 않아?

예레 씨에게 사정을 듣자 한 기사가 집안 사정으로 그만뒀다고 한다.

아마 귀족 가문에서 복잡한 일이 생긴 모양이었다.

그 사람이 빠지면서 한 자리가 비었으니까 내게 그곳으로 이동해 달라는 것이었다.

젊은 남녀니까 역시 다른 방을 쓰는 편이 낫겠지.

"짐을 다 풀었을 텐데…… 죄송합니다."

"아뇨, 괜찮습니다. 정리는 금방 끝날 거예요."

왜냐면, 사실 짐을 얼마 풀지 않았으니까.

"저녁을 다 먹으면 짐을 챙겨서 이 방으로 가세요. 혹시 안내가 필요할까요?"

건네받은 종이에는 앞으로 지낼 방이 어디인지 적혀 있었다.

지금 있는 방에서 조금 떨어진 곳이었다.

"괜찮습니다. 어제 유리나 씨가 안내해 줬습니다."

"저기, 그 방에서 에릭과 지낼 사람은…… 남자죠?"

옆에서 티나가 예레 씨에게 뚱딴지같은 질문을 던졌다.

"네, 물론입니다."

"그, 그런가요. ……다행이다."

티나는 안도의 한숨을 쉬었다.

나도 안심했지만…… 왜 티나가 그걸 묻고 안심하지?

"그럼 식사 맛있게 하세요."

예레 씨는 인사를 남기고 떠났다. 우리…… 비비아나 씨 외에는 서서 그 등에 대고 인사했다.

"유리나 씨, 들었죠? 저는 다른 방으로 갈게요."

"그, 그래……?"

유리나 씨는 눈동자를 이리저리 굴렸다.

역시 갑작스러운 일이라서 놀랐겠지.

"하루뿐이었지만, 이래저래 폐를 끼쳐서 죄송해요."

응…… 정말로 하루 만에 이런저런 일이 있었다.

욕실에서 나올 때나 아침에 옷 갈아입을 때나…….

"아, 으, 그건…… 나야말로, 미안했다."

유리나 씨도 생각났는지 얼굴이 새빨개져서 사과했다.

그 창피해하는 모습이 조금 귀여워서 가슴이 두근거리고 말았다.

"에릭…… 어제, 무슨 일 있었어?"

"앗……."

큰일 났다……. 티나 앞에서 이 얘기를 꺼내는 게 아니었다.

티나가 그늘진 웃음으로 우리를 추궁했다.

"아, 아니, 그냥…… 아, 아무 일도 없었어."

"정말? 그럼 방금 유리나 반응이 왜 그래?"

윽…… 둘러댈 만한 상황이 아닌 것 같은데…….

"유리나, 에릭이랑 무슨 일 있었어?"

티나는 유리나 씨에게로 화살을 돌렸다.

"어? 그게, 그, 아무 일도 없었어. 그냥 살짝 가슴을 보였을 뿐……."

유리나 씨, 말을 그렇게 하시면 안 됩니다…….

"에릭……? 유리나 가슴을 봤다는 게 사실이야?"

"안 봤어!"

"뭐?! 봤잖나!"

"오, 옷 입고 봤을 뿐이잖아요! 직접 보진 않았어요!"

"지금 그 말은, 봤다고 자백한 거네?"

"……옷을 입은 뒤에는, 말이지."

티나의 싸늘한 눈총이 몸에 꽂힌다.

누가 나 좀 살려줘……!

"잘 먹었습니다~ 다들 안 먹구 뭐 해?"

지금까지 말도 하지 않고 밥만 먹던 비비아나 씨가 입을 열었다.

우리가 예레 씨와 대화하는 동안에도 쭉 먹고 있었다.

"……먹을 거예요."

티나는 내게 날카로운 눈길을 보내면서 앉아서 다시 저녁을 먹었다.

나와 유리나 씨도 앉았지만, 식탁에는 어색한 침묵이 깔렸다.

"티나, 왜 그렇게 화가 났어~?"

"제 얘기 좀 들어보세요, 비비아나 씨! 에릭이 유리나 가슴을 뚫어지게 쳐다봤대요!"

뚫어지게 봤다고는 안 했다. ……뚫어지게 본 건 맞지만.

“티나…… 큰 소리로 말하지 말아줘, 창피해…….”

유리나 씨는 빨개진 얼굴을 숨기려고 양손으로 덮어서 고개를 푹 숙였다.

“으음, 어쩔 수 없지 않아? 남자애니까.”

맞아요. 남자애라면 누구든 볼 거라고요.

“하지만 에릭은 이미 내 걸 질리도록 봤다고요!”

“잠깐만, 티나? 그 말에는 큰 어폐가 있어.”

마을에서 가끔 같이 목욕한 게 전부지 않은가.

심지어 그건 몇 년 전까지고, 최근에는 티나의 알몸은 전혀 본 적이 없다.

아니, 보고 싶다는 뜻은 아니다. 그 점은 오해하지 말았으면 좋겠다.

“유리나랑 나, 크기도 별로 안 다른데…….”

“으……!”

티나의 말에 유리나 씨가 뜨끔해서 신음을 흘렸다.

“후후후…… 티나는 뭘 모르는구나.”

“뭐가요?”

비비아나 씨가 자신만만하게 웃더니…… 옆에 있는 유리나 씨의 가슴으로 손을 뻗었다.

“꺄?! 무, 무슨 짓입니까?!”

유리나 씨는 펄쩍 뛰어 거리를 뒀다.

“역시……. 유리, 천 감았지?”

"헉?!"

"감촉으로 알았어. 가슴치고는 너무 딱딱해."

비비아나 씨는 가슴을 만질 때와 똑같이 손을 기이하게 움직이며 추궁했다.

"천을 감아서 이 크기라면…… 아마 실제로는 두 배 이상이야!"

"그, 그렇게 커?!"

비비아나 씨의 말에 티나가 화들짝 놀랐다.

"아, 아닙니다!"

"후후후…… 유리, 거짓말하면 못써. 티나 대원! 유리를 화장실까지 연행해!"

"네, 넵!"

난데없는 연극과 명령에 당황하면서도 티나는 유리나 씨 옆으로 가서 팔을 붙잡았다. 반대쪽 팔은 비비아나 씨가 잡았다.

"자, 잠깐! 놔주세요!"

"범인, 순순히 투항하시오! 그러지 않으면……."

티티아나 씨는 저항하는 유리나 씨의 귓가까지 얼굴을 가져가서 뭐라고 속삭였다.

"에릭이 보는 앞에서 벗긴다?"

"……?! 지, 진심입니까……?"

"당연하지! 자, 어떡할래?"

"큭…… 차라리 죽여라!"

"후후후, 가만히 따라오렴~"

유리나 씨는 터덜터덜 끌려갔다.

내게는 들리지 않았지만, 비비아나 씨가 협박이라도 했나……?

티나까지 가버려서 식당에는 나 혼자만 남았다.

잘은 몰라도 티나도 즐거워 보이니까 그냥 두자.

……주변에 사람이 없어지자 냄새나는 남자가 처량하게 저녁을 먹는 광경이 펼쳐졌다.

어서 먹고 방이나 옮겨야지…….

식사를 마치고 방으로 돌아왔으나, 아직 유리나 씨는 오지 않았다.

화장실로 연행한다고 했는데…… 제법 시간이 지나지 않았나.

티나와 유리나 씨는 저녁도 남겨 두고 갔는데, 내가 혼자 먹는 사이에 식당 아주머니가 두 사람의 식사를 치워 버렸다.

기약도 없이 기다릴 수는 없는 노릇이라서 나도 말리지 않았다.

나는 방을 옮기려고 짐 정리에 들어갔다.

그 도중에 또 유리나 씨의 속옷이 눈에 들어왔지만…… 이성을 유지해서 참았다. 여러 가지를.

붉은 천 조각의 유혹을 떨쳐내며 짐을 싸들고 방을 나왔다.

유리나 씨와는 하룻밤밖에 지내지 못했지만, 어제는 무척 짜릿한 하루였다.

……어쩐지 표현이 이상하지만, 입 밖으로 내지 않았으니까 괜찮겠지.

방을 나가서 괜히 문 앞에서 인사했다.

유리나 씨와는 방이 떨어지더라도 친하고 지내고 싶다.

나는 예레 씨에게 받은 종이를 보면서 복도를 걸었다.

이쪽 복도를 지나서 여기를 꺾으면, 여기인가?

방문 앞에 서서 안내서를 확인했다.

좋아, 여기군.

저녁 식사 시간은 끝났으니까 아마 함께 살 사람이 방에 있겠지.

우선 문을 노크하고 인사했다.

“실례합니다, 오늘부터 같은 방을 쓰게 된 에릭 아울린이라고 하는데요.”

밤이라서 큰 소리는 못 내지만, 방안에는 들릴 만큼 목청에 힘을 줬다.

그러자 목소리를 들었는지, 바로 안에서 발소리가 났다.

『아, 에릭? 지금 열게.』

……응? 안에서 들리는 목소리, 남자치고는 톤이 꽤 높다.

그렇게 생각하는데 문이 안쪽으로 열리더니 룸메이트의 얼굴이 보였다.

“단장님에게 이야기는 들었어. 오늘부터 잘 지내자.”

“아, 네. 잘 부탁……합니다.”

중간에 말문이 막혔지만, 간신히 뒷말을 이었다.

어라…… 예레 씨, 식당에서 이번 룸메이트는 남자라고 하지 않았나?

아무리 봐도 여자로 보이는데?

짧은 금발이 아슬아슬하게 귀를 가렸다.

키도 나보다 머리 하나 만큼 작아서 어쩌면 유리나 씨보다 작을 것 같았다.

코는 오뚝하며, 아름다운 외모가 여성스러운 인상을 줬다.

방에서 나온 사람이 나를 올려다보며 귀엽게 웃는 얼굴로 맞이해줬다.

"왜 가만히 있어? 짐 무겁지? 어서 들어와."

"아, 네, 아니, 그게…… 죄송한데 하나 물어봐도 될까요?"

"응? 뭐야?"

발랄하다 싶을 만큼 고개를 갸우뚱 기울였다.

이런 행동이 어울리는 사람도 보기 드문데…… 굉장히 귀엽다.

"혹시, 여자……인가요?"

"아니? 나 남자야."

"그렇죠, 여자…… 응? 아니라고?"

"응, 아니야."

아니었어? 여자가 아니라면…… 남자라는 뜻이지?

"죄, 죄송해요! 무례한 질문이었죠!"

"아니야, 괜찮아. 그런 얘기 자주 들어."

손을 얼굴 앞에서 흔들고 웃으면서 용서해줬다.

설마 이 용모로 남자라니……. 남자와 여자의 차이가 뭔지 헷갈리기 시작한다.

"앗, 이름을 말 안 했지? 엘레나 밀우드야. 엘레나라고 불러."

"에, 엘레나 씨인가요? 알겠습니다."

엘레나…… 이름까지 여자 같지 않아?

"아, 지금 내 이름이 여자 같다고 생각했지?"

"어, 앗…… 죄송합니다."

"후후후, 솔직하네?"

손을 입으로 가져가서 명랑하게 웃었다.

그 모습도 도무지 남자로는 보이지 않았다.

"부모님은 내가 태어났을 때 여자애인 줄 알았다나 봐. 그래서 여자 이름을 붙였대."

"그, 그랬나요……."

"그래도 지금은 이 이름도 귀여워서 마음에 들어."

태어났을 때…… 그걸 착각할 수 있어?

갓난아기는 알몸으로 태어나니까…….

"있었을 텐데?"

"응?!"

"아하하. 에릭, 생각이 얼굴에 쓰여 있어."

엘레나 씨는 내 얼굴을 보고 한 방 먹였다는 양 웃었다.

그렇게 뻔히 보이나? 이거 은근히 창피하다…….

나는 엘레나 씨 옆을 지나서 방으로 들어갔다.

조금 전까지 있던 방과 거의 같은 구조고, 이번에도 안쪽 침대가 내 자리가 될 듯했다.

"에릭은 열여섯 살이지?"

짐을 풀면서 엘레나 씨와 수다를 떨었다.

"네, 맞아요."

"그런 어린 나이에 기사단에 들어왔어? 대단하네. 나는 작년에 열아홉 살로 들어왔는데, 이래 봬도 젊은 나이에 들어왔다고 생각했거든."

작년에 열아홉 살이었다면 올해로 스무 살?!

전혀 그런 나이로 보이지 않는다……. 나보다 젊어, 아니, 어려 보인다.

"앗, 에릭. 지금 나한테 위엄이 없다고 생각했지?"

"아뇨, 그런 생각 안 했어요!"

또 내 얼굴을 보고 뭔가 느꼈는지, 볼을 부풀리며 노려봤다.

그런 얼굴도 보통 남자가 하면 징그러울 뿐인데…… 왜 귀여워? 스무 살 남자라며?

"정말로?"

내 얼굴을 아래에서 들여다보며 물었다.

그 모습은 웬만한 여성보다도 여성스럽고 귀여웠다.

눈물 글썽이는 눈으로 나를 올려다보며 묻는 엘레나 씨…… 나는 그만 가슴이 두근거려 눈을 돌려 버렸다.

"……정말이에요."

"아, 눈 돌렸다. 역시 생각했구나?"

아뇨, 그쪽과 계속 눈을 맞추면 이상한 기분이 들어서…….

『방에서 둘만 있다고…… 이상한 마음 품으면 안 된다?』

“네, 넷! 죄송합니다!”

“으아, 깜짝이야! 에릭, 왜 갑자기 소리를 질러?”

“네? 어라……?”

티나의 차디찬 목소리가 들린 것 같았는데…… 착각인가?

너무 무섭다……. 하지만 그 덕분에 침착해질 수 있었다.

“아, 슬슬 씻어야겠다.”

엘레나 씨가 벽에 걸린 시계를 보면서 말했다.

“에릭, 먼저 씻어.”

“아뇨, 엘레나 씨부터 씻으세요.”

“나는 괜찮아.”

“선배보다 먼저 들어갈 수는…….”

찬물도 위아래가 있다는데 선배보다 먼저 욕실을 쓸 수는 없다.

“후후후, 에릭은 예의 바르네? 그럼 같이 들어갈까?”

“……흐엑?!”

그 제안에 내 입에서 이상한 소리가 새어 나왔다.

“둘이 들어가도 좁은 크기는 아니니까.”

어제 들어간 욕실은 제법 넓었다. 이 방도 같은 구조라면 두 명은 문제없이 들어갈 것이다.

“게다가 남자끼리는 목욕하면서 우정을 다진다고도 하잖아?”

엘레나 씨는 그러면서 윙크하지만…… 내 머리는 왜 남자끼리라고 인식하지 않지?

“그래도, 괜찮아요?”

"응. 에릭은 싫어?"

"싫지는 않지만……."

"그럼 됐네. 같이 들어가자."

갈아입을 옷을 한 손에 들고, 다른 손을 내게 내밀며 눈부시게 웃었다.

이걸 거절하기는…… 쉽지 않다.

"……아, 알겠습니다."

나는 각오를 다졌다.

"그리고 에릭, 이상한 냄새도 나고."

"……그 얘기는 하지 마세요."

몇십 분 후, 아무 일도 없이 욕실에서 나왔다.

음…… 무엇을 봤는지는 말하지 않겠지만, 엘레나 씨는 틀림없이 남자였다.

◇ ◇ ◇

에릭에게 방 재배정을 전달한 뒤, 나는 마법 기사단 훈련장으로 갔다.

오늘 훈련에서 티나 씨의 마법 기사단 입단이 결정됐다고 들어서 안네에게 자세한 이야기를 들을 생각이다.

기사들이 잠든 밤, 이 시각에 안네가 어디 있는지는 일부 사람밖에 모른다.

훈련장으로 가는 길에도 작은 소리가 들렸다.

역시 안네는 오늘도 여기 있는 모양이다.

훈련장에 도착하니 넓은 건물 한복판에서 혼자 마법을 외는 사람이 있었다. 마법 기사단 단장 안네다.

그녀는 아침부터 점심, 그리고 밤까지 여러 일로 일정이 꽉 차 있다.

훈련을 할 여유가 없는 것이다.

그래서 보통은 자야 할 야심한 시간대에 훈련에 매진한다.

감히 평가하자면 안네는 천재가 아니다.

물론 보통 사람보다 재능은 뛰어나지만, 그녀는 노력으로 완성된 인물이다.

단장 업무로 바쁠 텐데도, 나는 그녀가 훈련을 빼먹는 날을 본 적이 없다.

그렇기에 마법 기사단 단장으로 있을 수 있겠지.

나도 안네를 본받아서 틈이 나면 훈련했다.

내가 그녀에게 다가가자 그녀는 곧 나를 알아차렸다.

마법은 발동하지 않았지만, 마력을 제어하며 나를 돌아봤다.

"수고하셨습니다, 안네."

"고마워, 에레."

"오늘은 평소보다 훈련에 열을 올리는군요."

매일 몰래 지켜보던 나는 금방 알 수 있었다.

……스토커는 아니다. 내 집무실로 가는 길에 잠깐 들러보기 때

문이다.

“느껴져? 오늘, 재능으로 똘똘 뭉친 아이가 새로 들어왔어. 질 수야 없지.”

“그건…… 티나 씨 말인가요?”

“맞아.”

안네는 씁쓸하게 웃으며 수긍했다.

안네가 이런 표정을 짓다니……. 티나 씨가 뭘 했지?

“어떤 시험이었죠?”

“평범한 시험밖에 안 했어. 마력 제어, 해방, 그리고 마법 발동. 그걸 봤을 뿐이야.”

안네는 점심때 일을 떠올리며 이야기를 들려줬다.

내 착각일까, 마력 제어가 흐트러진 느낌이 들었다.

“그걸 보는 한 열여덟 살로는 도달할 수 없는 영역이었어. 아무런 마법 교육을 받지 않았다는 말이 믿어지지 않아.”

“에릭에게 배웠다고 들었지만…… 수년 전부터는 배울 게 없었다나 봐요.”

“맞아. 그 애의 성장은 거기서 한 번 멈췄어. 그런데 그만한 힘을 가졌어……. 과장 없이 말해서, 엄청나. 지금은 답보 상태지만, 앞으로 가르치면 더 성장할 거야.”

안네가 왼쪽을 보고 그곳으로 걸어갔다. 나는 그 뒤를 따랐다.

“이건 티나가 마법을 발동했을 때 생긴 흔적이야.”

“……! 굉장하군요…….”

그곳 바닥이 함몰되어 있었다.

길이 약 5미터, 깊이는 3미터쯤 될까.

"이게…… 티나 씨의 중급 마법인가요?"

이건 웬만한 상급 마법의 위력이 아닌가.

"아니. 이건 『버스트(소폭발)』야. 단순한 불 속성 하급 마법인."

"이게 하급 마법! 정말인가요?"

설마 하급 마법으로 상급 마법에 견줄 위력을 내다니……!

"나나 비비아나도 중급 마법으로 상급 마법의 위력을 넘을 수는 있어. 하지만 하급 마법으로 상급 마법과 동등한 위력을 내기는 어려워."

안네는 분하면서도 기뻐 보이기도 했다.

"나보다 열 살은 어린데 그런 힘을 가졌다니, 솔직히 질투했어. 그래도…… 마법에 더 큰 가능성이 있다고 다시금 확인했어. 그렇다면 나는 그곳에 도달하기 위해 노력할 뿐이야."

안네는 그러고는 다시 마력 제어에 집중했다.

그녀를 대단하다고 생각하는 점이 이것이다.

어떤 상황에서도 포기하지 않는 마음, 향상심이 무엇보다 훌륭하다.

그 마음이 그녀를 성장시켰다고 단언할 수 있다.

하지만…… 신경 쓰이는 부분이 하나 있었다.

"안네, 당신 서른세 살이면서 열여덟 살인 티나 씨와 『열 살 차이』라뇨. 나이를 너무 낮게 잡지 않았나요?"

"시시콜콜 따지지 마! 조금밖에 차이 안 나잖아!"

"다섯 살 차이를 조금이라고 할 수 있을까요?"

"그 정도는 괜찮아! 게다가 나는 세간에서 20대 초반이라고 불릴 만큼 젊어 보인다고!"

"스스로 할 말은 아니지 않나요?"

"닥쳐! 그러니까 너는 분위기 파악을 못 한다는 소리나 듣는 거야!"

지금 이게 분위기 파악과 관계가 있나?

결국 안네를 화나게 해서 나는 훈련장에서 쫓겨 나왔다.

"하하하, 에레, 다 봤어. 멋지게 골려 먹었어."

집무실로 이어지는 복도의 어둠 속에서 한 남자가 나타났다.

기사단 부단장— 리베르토 코랄레스.

베고니아 왕국 기사단, 최강의 기사.

진심으로 싸우면 아마 기사 열 명 이상을 동시에 상대해 압도할 실력자다.

"리베르토, 왜 당신이 여기 있죠?"

"그냥 산책 나왔어. 겨우 속이 가라앉아서 밤바람이나 쐬면서 내일에 대비하려고."

"우선 당신은 숙취할 만큼 마시지나 마세요."

"헹, 그렇게는 안 되지. 그래도 오늘은 적당히 마실게."

역시 오늘 훈련에서 토하고 후회했는지, 항상 들고 다니는 술병도 지금은 보이지 않았다.

"에릭과 싸워본 소감은 어떤가요?"

토한 원인은 에릭과 격전을 펼친 탓이라고 들었다.

"상상 이상이더라. 실력은 있어. 토해서 싸움이 중단됐지만, 계속 했다면 내가 졌겠지."

"역시 당신의『취검』으로도 당해내지 못하나요."

리베르토밖에 사용하지 못하는 기술,『취검』.

장난치는 것처럼 보여도 굉장히 강력한 기술이다.

비틀대서 중심을 알아내기 어렵고, 어디서 공격할지 어떻게 피해야 할지 짐작하기 힘들다.

"그래. 어쩌면 전성기의 나정도 수준일지도 몰라."

"……! 당신이 그런 평가를……."

리베르토는 상대방의 실력을 꿰뚫어 보는 안목이 상당히 우수하다.

그런 그가 자신의 전성기만큼 강하다고 말한다면 에릭은 정말로 그 정도 실력이 있다는 뜻이겠지.

"게다가 그 녀석, 더 성장할 거야. 젊은 나이에 그런 실력을 갖추면 오만해질 법도 한데, 그 녀석은 그런 마음의 허점조차 안 보여. 더 높은 경지로 올라가겠다는 신념에 찬 눈빛이야."

"……그런가요."

리베르토는 즐겁게 웃으며 내 옆을 나란히 걸었다.

"기사단 최강이라는 직함을 반납할 날이 왔나. 시원섭섭하구만. 뭐, 내가 붙인 호칭도 아니지만."

그 말을 끝으로 리베르토는 떠났다.

나도 그가 보이지 않을 때까지 기다렸다가 집무실로 걸음을 옮겼다.

◇ ◇ ◇

"음냐……."

잠결에 몸이 흔들거리는 느낌이 들어서 눈을 떴다.

"에릭, 일어나."

흐릿한 시야로 사람의 실루엣이 보였다.

시야와 정신이 또렷해지면서 눈에 들어온 것은…….

"……엘레나, 씨?"

환하게 웃으며 나를 내려다보는 엘레나 씨였다.

잠기운을 완전히 몰아낸 눈으로 확인하자 엘레나 씨가 침대 옆에 서서 나를 깨운 모양이었다.

"에릭, 잘 잤어? 상쾌한 아침이야."

"……안녕하세요."

상반신을 일으키고 침대에서 내려왔다.

"조금 있으면 아침 먹을 시간이니까 씻고 와."

"그럴게요."

시키는 대로 세면장으로 가서 차가운 물로 얼굴을 씻었다.

그나저나 깜짝 놀랐다……. 자고 일어났더니 엘레나 씨 얼굴이 보여서 뭐라고 형용하기 어려운 행복한 기분이 밀려왔다.

한순간「나, 엘레나 씨랑 결혼했던가?」라는 생각이 들었을 정도였다.

얼굴을 씻고 방으로 돌아오자 엘레나 씨가 수건으로 얼굴을 닦고 있었다.

"어서 와."

"다녀왔어요. 엘레나 씨, 머리 감으셨어요?"

"나는 머리가 많이 삐쳐서 항상 아침 일찍 일어나서 샤워해."

"그랬군요."

듣고 보니 나를 깨웠을 때도 머리가 살짝 젖어 있던 것 같기도 하다.

어제도 엘레나 씨가 목욕하고 나온 모습을 봤는데, 뭐라고 해야 할까…… 요염하다.

남자가 낼 수 없는 분위기를 내서 이상하게 가슴이 콩닥거린다.

같이 욕실에 들어갔을 때보다 왜 나온 뒤에 가슴이 뛰는지 도무지 모르겠다.

우리는 여유롭게 준비를 마치고 식당으로 갔다.

식당에서 엘레나 씨가 식사를 받으러 가자고 말했지만, 나는 잠깐 이곳에서 기다리기로 했다.

"누구 기다려?"

"마법 기사단에 친구가 있는데, 제 아침을 만들어주거든요."

"와, 착한 애네. 여자친구야?"

엘레나 씨는 살짝 능글맞게 웃으며 물었다.

이런 식으로 놀릴 때는 왠지 남자 같았다.

"아니에요. 가족에 가깝죠."

"흠, 그렇구나. 에릭이 더 당황해서 귀여운 모습을 보일 줄 알았는데…… 재미없네."

"그런 걸 왜 보려고 해요……."

생긴 것과 달리 의외로 속이 시꺼먼 듯하다…….

그 후, 나는 티나와 비비아나 씨와 합류했다.

"안녕, 에릭! 어……."

티나가 내 옆에 있는 엘레나 씨를 보고 당황했다.

"아, 에릭 친구라는 아이? 반가워요, 엘레나 밀우드예요."

"티나 아울린이에요……. 에릭, 잠깐 와 봐."

손짓으로 불러서 얼굴을 내밀자 티나가 귓속말로 물었다.

"저 사람 누구야? 설마 이번 룸메이트?"

"응, 맞아."

"왜 여자야? 예레 씨가 남자라고 했잖아?"

티나의 얼굴은 보이지 않지만, 또 검은 오라가 나오는 느낌이 든다.

나도 처음 봤을 때 그렇게 생각하고 깜짝 놀랐다. 하지만…….

"저 사람, 남자야."

"뭐? 말이 되는 소리를 해, 저렇게 귀엽고 작은데."

나도 처음 봤을 때 그렇게 생각했으니까 이해한다.

"정말이야. 나도 아직 믿어지지 않지만……."

같이 목욕하면서 남자라는 증거를 봤다. 남녀의 차이는 어디서 비롯되는가, 라는 철학적인 질문을 던지고 싶어졌다.

"엘레나 밀우드예요. 만나서 반가워요."

"나는 비비아나~ 너무 딱딱하게 굴지 않아도 괜찮아~"

"그래요? 그럼, 친하게 지내자!"

"응, 좋아~"

나와 티나가 두 사람에게서 등을 돌리고 수군거리는데 뒤에서 자기소개를 하고 있었다.

그나저나 빨리도 친해지네. 서로 사교성이 좋으니까 쉽게 친해지는 걸까?

"저기…… 엘레나 씨?"

"응? 티나, 왜 그래?"

"엘레나 씨는…… 남자인가요?"

"맞아."

엘레나 씨가 여자처럼 귀엽게 웃으며 남자라고 말했다.

그래, 티나도 놀랍겠지. 하지만 여자애가 그런 얼굴로 놀라면 안 된단다.

"설마 그럴 리가……! 이렇게 귀여운 애가 남자일 리 없잖아!"

"진정해, 티나."

그러는 사이에 유리나 씨도 합류했다.

유리나 씨는 우리에게 인사하고 아직 이야기에 빠진 비비아나 씨와 엘레나 씨를 봤다.

아마 유리나 씨도 엘레나 씨를 모를 테니까 내가 설명하려고 했으나…….

"앗, 유리나!"

"엘레나 씨, 오랜만입니다."

설명할 필요도 없이 두 사람은 웃으면서 인사를 나눴다.

응? 아는 사이였어?

"수습일 때 이후로 처음이지? 잘 지냈어?"

"네. 엘레나 씨도 건강해 보여서 다행이네요."

"후후후, 유리나도 딱딱한 건 여전하구나?"

그렇구나. 엘레나 씨는 작년에 기사단에 들어왔다고 했으니까 1년 정도 유리나 씨와 수습 기간이 겹친다.

음? 그래도 유리나 씨는 동성 친구가 없다고…… 아, 동성이 아니지. 엘레나 씨는 남자였다.

그 뒤 우리는 자리에 앉아서 아침을 먹었다.

티나는 내 도시락에 더해 비비아나 씨와 유리나 씨의 것까지 총 4인분의 도시락을 만들어 왔다.

아침이니까 가볍게 먹을 요리지만, 그래도 이만큼이나 만들려면 힘들 것이다.

하지만 티나는 피로한 기색 없이 우리가 맛있게 먹는 모습을 기쁘게 바라봤다.

매일은 힘들겠지만, 역시 티나의 요리는 맛있어서 호의에 기대게 된다.

티나가 내일은 엘레나 씨 몫까지 만든다고 말을 꺼냈으나, 엘레나 씨가 그 제안을 거절했다.

티나에게 더 부담을 주지 않도록 배려한 듯했다.

결국 이야기를 나눈 끝에 티나는 앞으로도 도시락 3인분을 만들기로 했다.

자기 몫과 내 몫, 그리고 남은 하나는 다른 사람들이 차례대로 먹을 예정이다.

나도 그 차례에 껴도 괜찮지만, 티나가 나만은 매일 먹어주면 좋겠다고 하여 이런 결론이 나왔다.

다른 사람에게 미안했지만, 티나의 요리를 매일 먹을 수 있다는 점은 기뻤다.

아침 식사를 끝내고 티나, 비비아나 씨와 헤어져 훈련장으로 향했다.

훈련장에 도착해서 줄을 서는데, 어제 싸운 아저씨가 옆으로 왔다.

"야, 아침부터 여자들한테 둘러싸이고, 팔자 좋더라?"

"응? 아, 그러게."

아저씨는 이죽거리면서 말했지만, 곧 진지한 표정이 되어 내 귓가에 속삭였다.

"그래서 상담, 아니, 질문이 있는데…… 네 오른쪽 앞에 앉았던 여자애, 사귀는 남자 있냐?"

"오른쪽 앞……."

엘레나 씨다.

"물어보지는 않았지만, 사귀는 남자는 없을걸."

"정말이지?! 다행이다……. 야, 나중에 소개 좀 해주라."

"남잔데."

"……엉? 무슨 말이야?"

"내 오른쪽 앞에 앉았던 사람, 남자라고."

"거짓말이지……?"

"사실이야."

그 후, 아저씨는 왠지 훈련에 집중하지 못하다가 실수를 저질러 의무실로 실려 갔다.

뭐, 사실 실수라기보다…… 내가 일대일 대련에서 머리를 한 방 쳤기 때문이지만.

나도 잘못했지만, 집중하지 않은 아저씨도 잘못했다.

어제와 같은 훈련을 마치고 한 번 방으로 돌아와서 샤워했다.

일과 중에는 서둘러야 하므로 룸메이트와 같이 씻을 것을 권장한다.

어제는 유리나 씨와 같은 방이라서 그러지 못했지만, 오늘은 일단…… 아마도 동성이니까 함께 들어갔다.

아니, 이미 남자라는 건 안다.

그 후에는 각자 자기 업무를 보게 된다.

내 업무가 무엇인지는 아직 전달받지 못했다. 그래서 지금부터 예레 씨에게 가야 한다.

"나는 거리 순찰이니까 가볼게."

"네. 그럼 여기서 헤어지죠."

"응. 첫 일, 열심히 해."

엘레나 씨가 웃으면서 배웅해주니까 의욕이 마구 샘솟는다.

결혼해서 아내를 위해 일하러 가는 남편이 이런 기분일까, 라는 생각까지 들었다.

아무튼 나는 예레 씨가 있을 집무실로 갔다.

그 앞에 도착해서 노크했다. 안에서 들어와도 좋다는 소리가 들려서 「실례합니다」라고 말하고 문을 열었다.

문 정면에 아름답고 고급스러운 책상이 있었다. 그리고 마찬가지로 비싸 보이는 의자에 예레 씨가 앉아 있었다.

책상에 쌓인 서류에 뭘 쓰느라고 아직 나를 보지는 않았다.

그렇지만 곧 그 서류가 정리됐는지 벌떡 고개를 들었다.

"오래 기다리셨죠?"

"아뇨. 그런데 제가 할 일은 뭐죠?"

내가 묻자 예레 씨는 말하기 거북한 눈치로 대답했다.

"그거 말입니다만, 왕자님을 호위해주셔야겠습니다."

"네? 호, 호위요? 왕자님을요?"

"네."

예레 시는 담담하게 말했지만, 나는 너무 갑작스러운 일에 경악하고 말았다.

왜 나 같은 신참이 왕자 호위를 맡지?

왕자라는 건, 왕자잖아?

임금님의 아들 맞지?

임금님, 레오 폐하의…… 설마.

"레오 폐하께서 지명하셨습니다."

역시나! 그 사람이라면 그럴 줄 알았다!

고작 한 시간 만났을 뿐이지만, 이런 짓을 벌일 성격 같았다.

“제가 맡아도 되나요? 그런 중요한 역할을…….”

“저도 이건 아니다 싶어서 반대했지만, 결국 폐하의 명령에는 거역할 수 없는지라…… 죄송합니다.”

레오 폐하는 예레 씨의 반대를 무시하고 나를 지명한 모양이었다.

이게 무슨 일이야……. 진지하지 못한 사람이라고는 생각했지만, 이건 진지하지 못하다는 수준이 아니잖아?

“아드님, 그러니까 왕자님과 에릭이 동갑이라서 친해지기 좋다는 게 이유입니다.”

“역시 레오 폐하는 막 나가네요.”

“에릭, 무엄합니다. ……저도 부인할 수는 없지만.”

“예레 씨도 무엄하네요.”

“우리끼리만 알고 있읍시다.”

그러면서 서로를 보며 고개를 끄덕였다.

레오 폐하라면 대놓고 말해도 웃으면서 용서해줄 것 같지만.

“물론 저도 동행합니다. 오늘 일은 저와 둘이서 왕자님을 호위하는 겁니다.”

“알겠습니다.”

“첫날부터 특수한 일을 맡기게 됐지만, 잘 부탁드립니다.”

“저야말로 잘 부탁드립니다.”

그리고 나와 예레 씨는 집무실에서 나와 왕궁으로 갔다.

이번에는 두 명이라서 마차가 아니라 말을 타고 가기로 했다.
“에릭, 말을 탈 줄 아나요?”
“문제없어요.”
마을에서는 탈 기회가 적었지만, 전생에서는 제법 타고 다녔다.
오랜만에 타서 조금 긴장했지만, 문제없이 탈 수 있어서 안심했다.
우리는 왕궁에 도착하여 거대한 문으로 들어갔다. 이 문도 세 번째 보지만, 아직 이 크기에는 익숙해지지 않는다.
예레 씨를 따라가니 어제와 같은 방에 도착했다.
“폐하, 계십니까?”
“있어.”
“예레미아스 아스타라입니다. 그리고…….”
예레 씨가 눈짓하여 그 의도를 파악했다.
“에릭 아울린입니다.”
“너희로군. 들어와도 좋다.”
“실례하겠습니다.”
예레 씨가 문을 열고 안으로 들어갔다. 나도 「실례합니다」라고 말하고 뒤를 따랐다.
“잘 왔다, 예레. 그리고 에릭.”
“늦어져서 죄송합니다.”
“이쯤이야 괜찮아. 게다가 가장 중요한 그 녀석도 안 왔어.”
그 녀석…… 아하, 왕자님인가?
왕자를 호위하러 왔는데 본인이 없다는 게 말이 되나?

“곧 온다. 지금 메이드가 부르러 갔으니까.”

“그렇습니까? 한데 폐하, 아직 오늘 호위의 세부사항을 듣지 못했습니다.”

응? 예레 씨도 못 들었어?

“아, 내가 말 안 했나?”

“안 하셨습니다. 『그때 가서 말해야 놀라지 않겠어?』라고 하셨죠.”

“그런 소리를 했나?”

“틀림없이 하셨습니다.”

본인도 기억을 못 하나. 성격 한번 태평하다.

“아, 말했던 것 같기도 해. 미안, 깜빡했어.”

“아닙니다. 늘 있는 일이니까요.”

아, 역시 평소에도 이런가?

노망은 아니지……?

“오늘은 그 녀석이 오랜만에 마물을 사냥하고 싶다고 하더군. 그래서 에릭에게 호위를 맡기고 싶다.”

“마물 사냥 말입니까?”

일국의 왕자가 마물 사냥 같은 것도 해?

그러고 보니 레오 폐하도 악수했을 때 검을 쥐어 본 손이었지.

그건 심심풀이로 잠깐 해 본 손이 아니었다.

“이 나라를 지키는 건 우리 기사단이다. 그들에게 감사하는 마음을 잊지 않도록 우리나라 왕족의 남자로 태어난 사람에게는 기사단에 필적하는 훈련을 부과하지. 호위를 맡기기는 했어도 그 녀석도 제법 강해. 너무 어렵게 생각할 필요 없어."

"예, 옛. 알겠습니다."

레오 폐하가 검을 배운 이유가 그건가.

대단한 왕족이다. 기사단에게 감사하는 마음을 잊지 않으려고 같은 강도로 훈련한다니.

"그런데 예레, 왜 너까지 왔지?"

"저도 동행할 생각입니다."

"됐어. 에릭 혼자면 충분해."

"알겠습니다."

"네?"

이야기가 너무 빨리 진행돼서 잘 이해가 안 되는데, 지금 내가 독박 쓰는 소리가 들리지 않았나?

"그 녀석도 벌써 나이가 열여섯이야. 원래대로라면 호위도 필요 없어."

"왕족으로서 너무 부주의한 처사가 아닐는지요?"

예레 씨가 아무리 그래도 그건 안 된다는 식으로 말했다.

"그래서 같은 나이인 에릭이라도 붙여주려는 거다."

"저, 저 혼자인가요?"

"그래. 너만 믿겠다."

업무 내용을 이해하고 확인차 물었지만, 역시 나 혼자 호위해야 하나 보다.

호위는 해 본 적이 없어서 잘 모르지만, 위험할 때 구하면 되지?

내가 불안해져서 생각에 빠진 사이, 문밖에서 목소리가 들렸다.

"폐하, 지금 도착했습니다. 왕자님이 준비를 마쳤습니다."

"수고했다. 들어와라."

레오 폐하가 입실을 허가하고 문이 열렸다.

어제 레오 폐하와 신경전을 벌이던 메이드가 먼저 들어오고, 그 뒤로 한 남자가 들어왔다.

아마도 그 사람이 왕자겠지.

조금 더 호화로운 옷을 입었을 줄 알았으나, 사냥을 하러 가느라 가벼운 가죽 갑옷에 새카만 망토를 걸친 소탈한 옷차림이었다.

하지만— 내 눈길을 가장 끈 부분은 복장이 아니라 얼굴이었다.

어……? 잠깐만…… 아니지?

내 기억에 있는 얼굴과는 조금 달랐다.

그렇지만— 잘못 볼 리 없었다.

"소개하마, 에릭. 여기 있는 게 내 못난 아들— 크리스토퍼 레오 베고니아다."

베고니아 왕국의 왕자는 내 친구— 크리스토였다.

제 2 장 친우

내 기억에 있는 크리스토의 얼굴과는 조금 달랐다.

그 무렵에는 지저분한 수염이 나고 머리도 덥수룩했다.

아마 나라가 망하고 도망쳐서 외모에 신경 쓸 상황이 아니었겠지.

지금 내 눈앞에 있는 사람은 금색 머리칼을 깔끔하게 손질했고 수염도 없는, 평범하게 잘생긴 청년— 왕자의 기품이 흐르는 크리스토였다.

"아버지, 내 이름 틀리지 마. 나는 크리스토퍼 베고니아야. 레오라는 이름 안 붙었어."

살짝 낮은 목소리가 귀에 익었다. 크리스토는 아버지인 레오 폐하를 노려보면서 따졌다.

"뭣이 어째! 미들네임에 부모 이름을 넣는 건 상식이잖아!"

"아버지 이름 붙이기 싫어."

"나는 붙이고 싶어!"

"내가 싫다고."

두 사람은 이마가 맞닿을 정도로 가까이 붙어서 으르렁거렸다.

"사실 이름도 크리스토가 좋았어. 퍼는 안 붙여도 되잖아?"

"마리나가 크리스토라고 짓고 내가 퍼를 붙였지."

“어마마마께 들었어. 그러니까 네가 괜한 짓만 안 했어도 나는 크리스토 베고니아였다고.”

“부모한테 네가 뭐야, 네가!”

“아버지한테만 하는 거야, 이런 말.”

“크흠…… 특별 취급인가. 그렇다면 좋다.”

“정말로 바보구만…….”

크리스토가 체념의 한숨을 쉬며 말다툼이 끝났다.

지금 싸움에서는 폐하가 너무 강했군…… 멍청함이.

“오랜만에 뵙습니다, 크리스토퍼 님.”

“그래, 예레. 오랜만이야. 그리고 나는 크리스토야.”

“아뇨. 왕자님의 존함은 크리스토퍼입니다. 폐하를 설득하신다면 그리 부르도록 하지요.”

“언제가 되어야 가능할지…….”

“절대로 인정 못 해!”

“소리 좀 지르지 마.”

아마 이 나라에서 이토록 레오 폐하를 아무렇게 대하는 사람은 아들인 크리스토뿐이겠지.

“이름은?”

크리스토가 나를 보고 물었다.

“저…….”

여기서 크리스토와 만날 줄 몰랐던 나는 혼란스러워서 말문이 막혔다.

"그는 에릭 아울린입니다. 그저께 기사단에 입단하여 오늘 왕자님을 호위하게 되었습니다."

예레 씨가 내 반응을 보고 대신 소개해줬다.

갑작스러운 일에 깜짝 놀랐지만, 조금만 침착하자…….

"처, 처음 뵙겠습니다, 크리스토…… 님. 에릭 아울린입니다. 오늘은 최선을 다하겠습니다."

하마터면 전생에서 하던 것처럼 이름을 부를 뻔했다.

아…… 생각해 보니까 크리스토퍼 님이라고 해야 했나.

역시 아직 혼란스러워서 실수하고 말았다.

"어허…… 에릭, 이 녀석 이름은—."

레오 폐하가 마뜩잖게 정정하려고 하지만…….

"그래, 바로 그거지! 나는 크리스토야! 너, 뭘 좀 아는구나!"

크리스토가 폐하의 말을 끊으며 큰 소리로 끼어들어 내 어깨에 팔을 둘렀다.

퍽 기쁘게 웃으며 난데없이 어깨에 손을 올려서 깜짝 놀랐다.

"나를 크리스토라고 불러준 사람은 지금까지 어마마마밖에 없었어. 앞으로 나를 부를 때는 크리스토라고 해도 돼."

"으음, 네…… 알겠, 습니다."

크리스토는 내게서 떨어지고 말을 이었다.

"그나저나 꽤 젊어 보이는군? 몇 살이야?"

"열여섯 살……입니다."

"오, 나랑 같네. 음? 기사단에는 열여덟 살부터 들어가지 않던가?"

"에릭은 제가 추천했습니다. 아주 강하지요."

예레 씨가 무척 간결하게 설명했다.

직접 추천받았다고 말하기 부끄러웠는데 다행이다.

"그래? 얼마나?"

"알기 쉽게 말하면…… 리베르토의 『취검』을 이길 정도입니다."

"뭐?! 리베르토의 그 기술을?! 나는 전에 쪽도 못 썼는데……."

리베르토의 취검……? 그건가? 부단장이 싸울 때 쓴 기술.

하지만 그 인간이 토해서 결판은 나지 않았는데…….

"나랑 같은 나이에 그렇게 강해? 대단하잖아."

"가, 감사합니다……."

친구인 크리스토가 평범하게 칭찬하는 일이 거의 없던 터라 살짝 낯간지러웠다.

"말 놔도 돼. 익숙하지 않아 보이니까."

"어, 아니, 그건……."

존대 자체에는 익숙하지만…… 너한테 존댓말을 쓰려니까 차마 입이 안 떨어진다, 라고는 말할 수 없었다.

"동갑이잖아? 왕족이고 뭐고를 떠나서— 우리 친구 하자, 에릭."

"—!"

그 말을 듣고, 내 가슴에서 뜨거운 감정이 솟구쳤다.

방금 크리스토를 봤을 때, 조금 기대하고 말았다.

나를 기억하지 않을까, 하고.

기억할 리 없다고 이성이 소리쳤다. 그게 정상이다.

내가 왜 전생의 기억을 가졌는지 모르지만, 이건 나만 예외라는 사실을 알고 있었다.

하지만 이성이 뭐라고 소리치건, 내 마음은 인정하려고 하지 않았다.

어쩌면 나와 보냈던 시간을 기억할지 모른다고 기대했다.

하지만— 그 희미한 기대는 산산이 깨졌다.

이게 정상이다. 오늘 처음 만났으니까.

그래도 나는, 들키지 않도록 노력은 했지만 조금…… 아니, 상당히 상심했다.

티나와는 갓난아기일 때 만나서 금방 친해졌고, 티나가 나를 기억하지 못해도 딱히 가슴이 아프지는 않았다.

하지만 크리스토는 나와 같은 열여섯 살이니까 기적처럼 나를 기억할지도 모른다고 생각했었다.

그러나 역시 크리스토는 나를 기억하지 못했다.

어쩔 수 없다, 당연하다고 생각해도 기대한 만큼 마음이 아팠다.

그래도…… 맞아. 너는 그런 인간이었지.

지금 크리스토가 한 말…… 전생에서도 들었던 말이다.

우리는 빈민가에서 만났지만, 나는 너와 만났을 때 절망의 구렁텅이에 빠져 있었다.

마을이 멸망하고 마을 주민, 아버지, 어머니, 게다가 티나까지. 그때 나는 모든 것을 잃은 상태였다.

아사 직전이었지만, 그래도 상관없다고 생각했다.

죽으면 더 괴로워할 필요도 없고, 가족과 티나를 만나러 갈 수 있다고 생각했다.

하지만 그때 크리스토가 나타나서 나를 구했다.

죽어도 된다고 생각하던 내게 계속해서 말을 걸었다.

처음에는 귀찮았다. 그런 와중에 한편으로는, 오랜만에 사람과 말하는 게 즐겁기도 했다.

그때 너는 내게 말했다.

『친구 하자, 에릭.』

이 말이— 내게는 구원의 손길이었다.

크리스토, 너도 그때 절망 속에서 헤매고 있었겠지. 베고니아 왕국이 멸망하고 너도 가족을 잃었다고 했었다.

그런데도 너는 빈민가 아이들과 나에게 얼마 있지도 않은 식량을 나눠줬다.

이런 위치에 있던 네가 내게 친구가 되자고 말했다.

그때 그 말을, 나는 한시도 잊은 적이 없다.

"—야, 왜 그래?!"

"어……?"

갑자기 크리스토가 정면에서 내 어깨를 흔들어 퍼뜩 정신이 들었다.

아무래도 전생을 추억하느라 정신을 놓고 있었나 보다.

"너, 왜 울어?"

"—!"

듣고 나서 깨달았다. 볼을 타고 눈물이 흐르고 있었다.

창피하다……. 다른 사람이 보면 이유도 없이 우는 사람이지 않은가.

나는 급하게 눈물을 훔쳤다.

"아, 아무 일도 아니야……."

"그래? 그래서 어때? 친구가 되어줄래?"

그 말이 또 내 눈물을 자극했지만, 간신히 막았다.

전생에서도…… 현생에서도. 역시 너는 너구나, 크리스토.

내 대답은 정해져 있다.

전생과 똑같이— 우선은 이렇게 대답하자.

"『괜찮아……? 나 같은 인간이랑.』"

"『당연히 괜찮지. 내가 너랑 친구가 되고 싶어서 그래.』"

크리스토는 분명 기억이 없을 텐데, 그날도 똑같이 말했다.

그게 얼마나 기쁘던지, 나도 모르게 웃음이 나왔다.

"『크리스토…… 나도 너랑 친구가 되고 싶어. 앞으로도 잘 지내자.』"

"『그래. 친하게 지내자, 에릭!』"

우리는 굳은 악수를 나눴다.

그날과는 장소도 시간도 다르다.

분명히 너는 그때보다 가벼운 마음으로 말했겠지.

하지만— 그래도 너와는 둘도 없는 친구가 될 수 있을 것 같아, 크리스토.

그 후, 제정신으로 돌아온 나는 한쪽 손으로 얼굴을 가리고 있었다.
부끄러워서 얼굴을 못 들겠다…….
예레 씨와 레오 폐하가 있는 곳에서 꼴사납게 울어 버렸다.
눈물이 왜 이렇게 쉽게 나와? 나도 나이를 먹었나.
“에릭, 근데 왜 운 거야?”
“몰라, 묻지 마.”
크리스토가 아무 망설임도 없이, 심지어 즐겁게 웃으며 물었다.
이 녀석, 이런 점에서는 성격이 안 좋았지.
전생에서는 히죽대는 얼굴이 재수 없었지만, 지금은 단순히 쾌활한 청년 같아서 짜증 난다.
“그럼 에릭, 우리 멍청한 아들이랑 가줄 텐가?”
“앗, 예. 물론입니다.”
“누가 누구보고 멍청하대? 멍청한 건 자기면서.”
그러고 보니 호위하러 왔었지. 잊고 있었다.
“일단 모험가 길드에 가서…….”
“알아, 내가 몇 번을 갔는데.”
레오 폐하의 설명을 끊은 크리스토는 방에서 나가려고 했다.
“으, 그러냐? 그렇다면 다녀와라.”
“알았어. 다녀올게, 멍청한 아버지.”
“왕자님, 조심해서 다녀오십시오. 에릭, 힘든 일이겠지만, 열심히 하세요.”
“아, 네.”

나는 크리스토를 따라갔다.

방에서 나오니 메이드가 있었다.

"크리스토퍼 님, 무사히 돌아오시기를 빌겠습니다."

"……그래, 알았어."

응? 지금 그건 설마…….

나와 크리스토는 왕궁 뒤쪽의 조금 작은 문으로 나와서 마차를 타고 왕궁에서 멀어졌다.

일단 이걸 타고 모험가 길드라는 곳 근처까지 간다고 한다.

거기까지 이 마차로 가면 신분 높은 사람이 왔다고 광고하는 셈이다. 그러니까 크리스토도 들키지 않으려고 후드가 달린 망토를 입은 것이다.

"오랜만에 밖으로 나왔어. 석 달 만인가?"

전에는 리베르토 부단장과 같이 외출했고, 그 괴상한 검술에 된통 깨졌다고 한다.

그나저나 나도 궁금한 점이 생겼는데…….

"크리스토."

"응? 왜?"

"메이드 누나, 좋아해?"

"뭐, 뭐어?! 뜬금없이 무슨 소리야?!"

턱을 괴고 마차 밖을 바라보던 크리스토가 새빨간 얼굴로 나를 돌아봤다.

"응, 말 안 해도 돼. 그 반응만 봐도 알겠다."

"잠깐만. 너 어떻게…… 알았어?"

오, 의외로 순순히 인정하네?

"방금 메이드분이 너를 크리스토퍼라고 불렀을 때, 반응이 좀 이상하다고 느꼈어. 설마 나도 진짜일 줄은 몰랐지."

"젠장, 떠본 거냐! 애초에 그것만 보고 눈치챘다고?!"

나는 너랑 전생에서 둘도 없는 친구였으니까. 이상한 반응을 보이면 바로 안다.

그 메이드가 크리스토퍼라고 불렀을 때, 크리스토는 인상을 살짝 찌푸렸다.

"혹시 둘만 있을 때는 크리스토라고 부르게 해?"

"그것까지 알아?!"

"뭐야, 맞았어? 정말로?"

"또냐! 걸렸잖아!"

맙소사…… 이 녀석이 연애를 해?

전생에서는 그럴 기미조차 안 보여서 연애에 별로 관심이 없는 줄 알았는데.

나도 남의 얘기를 할 처지는 아니지. 이레네와 만나지 못했다면 누구랑 사귈 생각도 안 했을 거다.

"절대로 말하지 마! 아무한테도! 절대로!"

"강한 부정은 긍정이라던데."

"아니야! 떠벌리면 가만 안 둬, 진짜!"

크리스토가 시뻘건 얼굴로 윽박질렀다.
이 녀석도 이런 반응을 하는구나. 전생에서는 몰랐던 일면이다.
"나도 알아."
"나 참…… 그런데 에릭, 적응이 너무 빠르지 않아? 나 일단은 왕족이야."
"네가 할 소리야? 게다가 일단 왕족이 아니라 왕자잖아……."
"아니, 친구가 되자는 말은 내가 꺼냈지만, 설마 이렇게 빨리 편하게 대할 줄은 몰랐어."
전생에서 하던 것처럼 떠들었는데, 좀 안 좋았나?
"죄송합니다, 크리스토퍼 님."
"이제 와서 그러지 마."
"어느 장단에 맞춰야 하냐."
"누가 싫댔어? 나는 오히려 기뻐. 왕족이니까 어느 정도 벽을 쌓을 줄 알았거든."
크리스토는 그러면서 정말로 기쁘게 웃었다.
왕족이라서 느끼는 부자유인가.
그래도 나는 전생에서 왕족이라는 사실을 몰랐다.
하지만…… 기쁨으로 따지면 아마 내가 더 크다.
전생에서 너를 잃었을 때부터 쭉 너를 만나고 싶었다.
이런 시답잖은 대화가 얼마나 그리웠는지 모른다.
"너랑은 좋은 친구가 될 거 같아, 에릭."
"……그래. 나도 그렇게 생각해."

나는 그냥 친구가 아니라 네 최고의 친구가 되고 싶어, 크리스토.

그렇게 모험가 길드 근처까지 와서 마차에서 내려 걸어갔다.

몇 분 걷지 않아서 곧 그 건물이 보였다.

역시 왕도라서 그런지 무척 큰 건물이었다.

모험가 길드란 『모험가』라는 직업을 가진 사람이 다양한 일을 받는 곳이다.

마물 퇴치부터 도시 청소까지, 일의 종류는 다양하다.

막일이라는 이미지 때문에 선호되는 직종은 아니지만, 이 직업이 없으면 곤란하다고 들었다.

도시 밖 마물이 많아졌을 때는 기사단도 마물 사냥을 하지만, 보통은 모험가가 많이 맡는다.

모험가는 의뢰와 마물 사냥으로 돈을 벌고, 기사단에서는 직접 움직이지 않고 도시의 안전을 지키므로 좋은 협력관계라고 한다.

길드에 들어가자마자 눈에 들어온 것은 각양각색의 모험가들이었다.

남자가 많지만, 가끔 여자도 있었다. 다들 힘을 꽤나 쓰게 생겼다.

그들 대부분은 벽에 붙은 의뢰서를 바라보고 있었다.

그중에서 자기가 하고 싶은 일을 찾으면 해당 의뢰서를 접수처로 가지고 가서 의뢰를 받는 형식으로 흘러갔다.

우리도 접수처로 갔고, 크리스토가 접수원에게 말을 걸었다.

"이봐, 아가씨."

"네, 무엇을 도와드릴까요?"

"뱀의 의뢰를 가지고 와줘."

"……! 네, 알겠습니다. 잠시만 기다려주세요."

크리스토가 그렇게 말하자 접수원은 잠시 굳어 있다가 곧 안쪽 방으로 들어갔다.

방금 말은 암호이며, 왕자가 왔으니 길드 마스터를 부르라는 뜻이라고 한다.

잠시 기다리니 안쪽에서 한 남성이 부랴부랴 나왔다. 아마 이 사람이 이곳에서 가장 높은 사람이겠지.

"오래 기다리셨습니다."

"아니야, 괜찮아. 바로 의뢰를 소개해줘."

"알겠습니다. 오늘은 어떠한 일을 찾으시는지요?"

"글쎄, 오늘은 에릭이 있으니까 조금 강한 마물로 할까?"

크리스토가 내 쪽을 보고 씩 웃으며 말했다.

내가 리베르토 부단장에게 이겼다는 이야기를 들었으니까 실력을 확인하고 싶겠지.

"그렇다면 이건 어떠신가요?"

"흠, 이 정도가 적당한가? 이걸로 부탁해."

"예, 바로 준비하겠습니다."

길드 마스터는 접수처 안을 분주하게 오가며 곧장 준비에 들어갔다.

높은 사람이니까 더 위엄이 있을 줄 알았는데 이렇게 보면 평범하게 일하는 사람이구나.

“오래 기다리셨습니다. 마물 수집품을 이곳까지 가지고 오시면 의뢰가 완료됩니다.”

“알았어, 고마워.”

“조심해서 다녀오십시오.”

크리스토는 의뢰를 받고 접수처에서 나와 출구로 갔다. 나도 뒤를 따라갔다.

“무슨 의뢰를 받았어?”

길드에서 나와 의뢰 장소로 가는 길에 의뢰 내용을 물었다.

“평범한 마물 퇴치 의뢰야. 조금 까다로운 마물이기는 하지만.”

“그래? 알았어.”

“잘 지켜줘야 한다? 호위병 나리.”

크리스토가 뒤에 있는 나를 돌아보고 씩 웃었다.

그렇지. 오늘 나는 네 호위병이다.

전생에서는 지키지 못했다. 내가 힘이 없어서 판단을 그르친 탓에.

그러니까 이번에야말로—.

“그래. 꼭 지켜줄게.”

—절대로 너를 잃지 않을 거다, 크리스토. 무슨 일이 있어도 지키겠다.

“으라차!”

크리스토가 큰 기합과 함께 검을 휘둘렀다.

눈앞의 마물— 오크의 몸이 찢겨 나갔다.

돼지 머리를 가진 인간형 마물. 키는 2미터를 가뿐히 넘고 힘이 강해서 큰 곤봉을 무기로 쓴다.

하지만 속도가 느리고 나와 크리스토는 속도를 중시한 검술을 쓰므로 꽤 쉽게 처리할 수 있었다.

마지막 한 마리가 내 뒤에서 달려와서 정수리를 향해 곤봉을 내리쳤지만, 훌쩍 피해서 돌아보는 탄력으로 놈의 머리를 베었다.

"수고했어, 크리스토."

"그래. 에릭 너도."

우리는 얼굴을 마주 보고 하이파이브했다.

이 마물이 오늘 의뢰의 퇴치 대상이었다.

보통 모험가라면 애먹을 상대지만, 훈련한 우리라면 방심하지 않는 한 질 리 없었다.

"좋아. 그럼 의뢰는 끝났군. 이제 돌아갈까?"

"하긴, 왕자님이 밖에 오래 있으면 안 되겠지."

"맞아, 귀찮게도 말이지."

사실은 더 강한 마물을 잡고 싶고 더 많은 마물과 싸우고 싶지만, 크리스토는 왕자라는 입장상 그럴 수 없었다.

곧 해가 진다. 이쯤하고 돌아가지 않으면 많은 기사가 크리스토의 수색에 동원될 것이다.

"그나저나 역시 에릭은 강하군. 리베르토에게 이길 만해."

"고마워."

크리스토, 내 검은 모두 너에게 배웠다.

전생에서 너와 친구가 됐을 때는 전혀 강하지 않았다.

고블린 같은 하급 마물들에게 허겁지겁 도망다니고 부모님과 티나를 잃었을 만큼.

네가 검과 마법을 다룰 줄 안다고 이야기했을 때, 나는 득달같이 가르침을 구했다.

이제 보호만 받고 싶지는 않았으니까.

지금 생각하면 왕족이라서 검도 마법도 쓸 수 있었나.

보통은 어느 한쪽만 배운다. 그런 점에서 나는 좋은 선생님을 만났다. 뭐, 그래봤자 배우기 시작할 무렵에는 마법을 거의 못 썼지만.

쓰지는 못해도 지식은 있었기에 마법을 쓰는 상대와 싸울 때 대처하기 편했다.

게다가 현생에서는 티나에게 가르쳐줄 수도 있었다.

“에릭, 검은 누구한테 배웠어?”

“……독학이야.”

너한테 배웠다고는 말할 수 없지.

“정말이야?! 대단하네. 혼자서 그렇게 강해졌어?”

“그렇지. 대단하지?”

이제 독학이라고 밀어붙일 수밖에 없다.

나, 그런 천재는 아닌데…….

“발도술은? 그것도 독학이야?”

“그렇지, 뭐…….”

“오, 그래? 내가 전에 본 리베르토의 기술과 비슷한데…….”

리베르토? 부단장, 그 토쟁이?

발도술, 지금은 검을 들었으니까 발검술이지만, 사실 이것도 크리스토에게 배웠다.

부단장의 기술과 비슷하다면 아마 크리스토가 내게 알려줬을 때 부단장을 참고했기 때문이겠지.

응? 부단장이 발도술…… 그 사람, 한쪽 팔이 없는데 발도술을 어떻게 써?

발도술은 칼집에 넣은 칼을 뽑으면서 공격하는 기술이다.

오른손잡이라면 왼손으로 칼집을 붙잡아야 한다.

부단장은 왼팔이 없으니까 그러지 못할 것이다.

“아, 그 인간한테 왼팔이 있을 때 본 거야.”

내 생각을 알아차렸는지, 크리스토가 설명을 보충했다.

“그 녀석 발도술은 무지막지하게 빨랐어. 나나 여타 기사는 당연하지만, 단장인 예레조차 그 발도술은 눈으로 좇을 수 없다고 했어.”

“그렇게나…….”

“칼을 뽑는 소리가 들렸을 때는 이미 마물이 죽어 있더라니까.”

그건 음속을 넘었다는 뜻 아니야? 뭐가 그렇게 빨라.

“나도 흉내 내봤지만…… 그거, 익숙하지 않으면 손을 베이거든. 나도 실수해서 피가 철철 났어.”

“맞아. 나도 그런 적 있어.”

현생에서는 한 번도 안 그랬지만, 전생에서는 몇 번이나 사고를

쳤다.

왼손으로 칼집을 잡아야 해서 칼을 뽑는 각도가 잘못되면 자기 손바닥을 벤다.

“너무 어려워서 나는 못 썼어. 그리고 보통은 검을 뽑아서 싸우는 게 더 빨라. 리베르토랑 네가, 너희가 이상한 거야.”

“말이 심하네.”

하지만 아무리 나라도 음속을 초월하는 발도술은 엄두가 나지 않는다.

그만큼 부단장의 기술이 초인적이라는 말이다.

그렇지만…….

“좋아. 그럼 돌아갈까, 에릭.”

“응? 어, 그래.”

크리스토는 그러면서 도시 방향으로 걸어갔다. 나도 호위답게 주변에 위험이 없는지 빈틈없이 살피면서 따라갔다.

—그렇게 강한 사람이 어쩌다 팔을 잃었지?

그 의문을 입 밖으로 꺼내지 못한 채.

도시에 도착해서 길드로 갔다.

문 앞에서 기사들이 크리스토가 무사히 귀환했다고 확인했으니까 기사단이 걱정해서 수색하러 나올 염려는 없겠지.

길드에 도착해서 의뢰 달성을 보고했다.

이번에는 퇴치 의뢰라서 대상의 부위를 의뢰한 수만큼 가지고 와야 한다.

크리스토는 오크의 코가 든 주머니를 담당자에게 건넸다.

그 증거품을 확인하고 성공 보수로 돈을 받았다. 이번에는 제법 강한 마물이어서 일주일은 놀고먹을 금액이 들어왔다.

"자, 에릭. 오늘 보수."

"응? 보수라니?"

크리스토는 돈이 든 주머니를 내게 내밀었다. 전부 나에게 가지라는 양.

"뭐야, 못 들었어? 이 길드에서 받은 보수가 곧 내 호위 보수야."

"아, 그랬어?"

"상여금도 조금 나온다고 들었지만, 거기까지는 나도 잘 몰라."

베고니아 왕국 기사의 급료는 제법 후하다. 나는 아직 받지 않았지만, 아저씨가 그렇게 말했다. 음? 그러고 보면 아직 아저씨 이름을 모르잖아.

아무튼 봉급에 상여금, 왕자 호위 보수까지 따로 나오나. 나는 전생부터 딱히 물욕이 없어서 쓸 곳도 없는데…….

"크리스토, 너는 한 푼도 안 받아?"

"응? 나야 이런 돈 안 챙겨도 어마마마께 말하면 원하는 만큼 받을 수 있어."

크리스토는 일부러 빼기듯 말하며 히죽 웃었다.

평범하게 들으면 재수 없는 말이지만, 내게는 조금 다른 의미로 들렸다.

그건 즉, 자기가 자유롭게 쓸 돈이 없다는 뜻이었다.

왕족이라도 자기가 돈을 쓰고 싶을 때 쓰지 못한다면 답답하겠지.

일일이 부모님에게 말해서 돈을 받는다면 아마 이유를 설명해야 할 테고, 다른 사람에게 알리고 싶지 않은 비밀스러운 곳에는 전혀 돈을 쓸 수 없다.

방금 발언으로 어떻게 내가 이런 부분까지 짐작하느냐면, 전생에서 이 녀석이 그런 소리를 했기 때문이다.

"……좋아, 크리스토! 이 돈으로 술 마시러 가자."

"뭐? 무슨 생뚱맞은 소리야?"

이 나라는 아마 열여섯 살부터 음주가 가능할 것이다. 우리는 아슬아슬하게 술을 마셔도 되는 나이다.

"뭐 어때? 내 돈을 어디에 쓰든."

"아니, 그건 그렇지만, 빨리 돌아가야 하잖아?"

의뢰가 끝났는데 바로 돌아가지 않으면 걱정해서 소란이 벌어질지도 모른다.

"한 시간 정도는 괜찮겠지."

"쓰읍, 안 괜찮을 거 같은데……."

나도 말하고 보니 한 시간은 좀 긴 것 같다.

"뭐야, 크리스토. 혼날까 봐 겁나?"

"뭐 인마? 그런 거 아니야."

"그럼 잠깐은 괜찮겠네."

사실 안 된다는 걸 안다. 크리스토가 빨리 돌아가지 않으면 기사들에게 폐를 끼칠 테니까.

하지만 이 정도는 괜찮지 않은가.

—전생에서 사별한 친구와 재회의 술잔을 나누는 정도는.

"응? 오오, 에릭이잖아?"

길드 밖에서 이야기하는데 내 이름을 부르는 소리가 들렸다.

돌아보자 아저씨가 다가오고 있었다.

"너도 일 마치고 오는 길이냐?"

"음, 뭐 그렇지. 아저씨도?"

"그래. 길드 경비를 교대하러 왔지. 지금부터 숙소로 돌아가려던 참이야."

앗, 그래. 좋은 생각이 났다.

"아저씨, 우리 지금부터 한잔 마시러 가니까 예레 씨한테 말 좀 전해줘!"

"엉?"

나는 아저씨에게 통보하고 옆에 있는 크리스토의 팔을 잡아 냅다 뛰었다.

"야, 진짜 가게?!"

"당연하지!"

"엇, 크리스토퍼 왕자님?!"

아저씨는 이제야 눈치채고 놀랐다. 하기야, 얼핏 보기에는 여느 모험가와 다를 바 없는 옷차림이니까.

"그렇게 됐어! 나도 부탁할게!"

"잠깐만, 에릭! 기다려 봐!"

아저씨가 부르는 소리가 멀리서 들렸지만, 나는 속도를 늦추지 않고 거리를 내달렸다.

그리고 아저씨의 목소리가 들리지 않고 술집이 늘어선 곳까지 와서야 걸음을 멈췄다.

"이러면 찾으러 오지는 않겠지. 돌아가서 혼날지도 모르지만."

"하…… 너, 생각보다 성격 못됐다?"

크리스토가 한숨을 쉬면서 투덜댔다.

하지만 그 얼굴은 어이없어하면서도 즐겁게 웃고 있었다.

"친구 하자던거, 후회돼?"

"그럴 리가. 에릭, 넌 최고야!"

크리스토는 달려들다시피 어깨에 팔을 걸쳤다. 떠밀려서 휘청거린 나도 웃으면서 어깨동무를 했다.

"성격 좋은 내가 참아야지 어쩌겠어! 악우인 너랑 놀아주마, 에릭!"

"말 잘했어, 크리스토!"

그렇게 우리는 술집으로 들어가서 술잔을 나눴다.

크리스토에게는 처음 생긴 친구를 축하하며.

내게는— 오랜만에 재회한 친구와 한 번 더 술잔을 기울이는 행운을 축하하며.

"으으, 머리 깨질 거 같아……!"

크리스토와 술을 마신 다음 날.

침대에서 일어났을 때 머리가 욱신거렸다.

아침에 느끼는 이 그리운 증상.

제법 마시기는 했지만, 전생에서는 조금 더 마셔도 괜찮았던 기억이 있다.

아마 전생에서는 술에 익숙해져서 주량도 늘었던 것이겠지.

아직 그 양은 힘든가…….

"에릭, 괜찮아?"

같은 방을 쓰는 엘레나 씨가 걱정하며 내 얼굴을 들여다봤다.

"네, 아마 괜찮아요……. 익숙해요."

"처음 마시지 않았어?"

숙취에는 익숙한 편이니까 괜찮겠지. 죽기야 하겠어.

"자, 물 마셔. 숙취에는 일단 물이야."

"감사합니다."

컵을 받아서 단숨에 들이켰다.

"숙취의 원인은 수분 부족이야."

"그래요?"

"응. 술을 마시면 소변이 많이 나와서 탈수 증상을 일으킨대."

그랬나. 그러고 보니 어젯밤에 화장실을 꽤 들락날락한 것 같다.

별로 취하지는 않았을 텐데 역시 그만큼 마시면 다음 날에 영향이 있나.

"아침 훈련, 할 수 있겠어?"

"괜찮아요. 가죠."

둘이서 방을 나와 식당으로 갔다.

어젯밤.

나와 크리스토는 술을 마시고 왕궁 정면으로 돌아왔다.

아저씨에게 말했으니까 큰 소동은 나지 않았지만, 조금 더 늦었으면 기사들이 크리스토를 찾아 나섰을지도 몰랐다.

당연하지만, 혼났다.

레오 폐하는 화내지 않았다. 오히려 「남자 둘이서 술도 마시고, 청춘이구만!」이라며 웃었다.

예레 씨도 특별히 화내지 않았으나, 내게 감봉 처분을 내렸다.

사실상 호위 상여금이 사라졌을 뿐인 큰 징계가 아니어서 별 타격은 없었다.

주로 화를 낸 사람은 메이드와 크리스토의 어머니, 다시 말해 왕비님이었다.

처음 뵈었지만, 크리스토는 어머니를 닮았음을 알았다.

긴 금발이 비단결처럼 흘러내렸고 얼굴도 단정하고 아름다웠다. 아마 30대 후반일 테지만, 20대 초반이라고 말해도 의심하지 않을 미모였다.

이목구비가 크리스토와 꼭 닮았다.

왕궁에서 내가 두 번, 이번으로 세 번째 들어온 방에서 왕비님이 소파에 앉아 있고, 그 앞에 나와 크리스토가 무릎 꿇고 앉아 있었다.

주위에는 레오 폐하와 예레 씨, 그리고 그 메이드 누나까지 있었다.

"크리스토, 왜 이렇게 늦게 돌아왔나요?"

"처음 사귄 친구가, 술을 마시자고 했습니다."

야야야, 잠깐만. 전부 나한테 떠넘기려고?

전부 사실이라서 반박을 못 하겠잖아.

그리고 『처음 사귄 친구』라고 하면 너무 기뻐서 혼나는 와중에도 입꼬리가 올라가니까 그러지 마.

"어머, 그렇다면 본인의 의지가 아니라는 말인가요?"

"……아뇨. 저도 찬성해서 갔으니까 제 의지이기도 합니다."

"그럼 지금 발언은 뭐죠? 제게는 처음 사귄 친구를 팔아넘기는 말처럼 들렸는데."

……완전 무섭다.

담담하게 사실과 바른말만 하며 추궁하는데, 고함치지도 않는데 주눅이 든다.

"……겁주려고 장난친 겁니다."

"그런가요? 음, 에릭이라고 했나요?"

"앗, 예! 맞습니다!"

갑자기 말을 걸어서 흠칫했다. 그리고 그 반동으로 꿇어앉은 다리가 감전이라도 된 것처럼 저렸다.

익숙하지 않은 자세라서 빨리 저린다, 그리고 아프다……!

"크리스토는 이렇게 말하는데, 당신은 지금 발언을 용서하나요?"

"친구끼리 가벼운 장난으로 하는 소리라서 용서 이전에 화도 나지 않았습니다."

내가 그렇게 말하자 왕비님은 무표정인데도 살짝 놀라는 눈치였다.

"그런가요? 당신이 그렇게 말한다면 저도 아무 말 하지 않겠습니다. ……크리스토."

"네, 말씀하시죠."

"좋은 친구를 사귀었네요."

지금까지 쭉 표정이 없던 왕비님이 처음으로 웃음 지었다.

무척 아름답고, 어머니의 자애로 가득 찬 미소였다.

"네. 저도 전적으로 공감합니다."

크리스토도 웃으면서 힘차게 고개를 끄덕였다.

어쩐지 굉장히 분위기가 좋지만, 내가 보는 앞에서 하지 말았으면 좋겠다. 부끄러워 죽겠어……!

"에릭, 앞으로 힘든 일도 기쁜 일도 있겠지만, 우리 아들과 서로를 의지하며 잘 지내주세요."

"아, 아뇨, 오히려 제가 할 말입니다."

인사가 어째 결혼 인사말 같지 않나? 왕비님, 용법이 잘못되지 않았나요?

"하지만 늦게 돌아온 일은 아직 용서하지 않았어요. 에릭, 당신이 크리스토를 꾀어냈다고요?"

"……네, 맞습니다."

"크리스토는 이 베고니아 왕국의 왕자입니다. 앞으로 이 나라를 짊어질 왕으로서 타의 모범이 되어야 하지요. 그렇건만—."

이후에도 나와 크리스토는 20분가량 왕비님의 기나긴 잔소리를 들었다.

끝났을 때는 이미 내 발에 감각이 남아 있지 않았다. 마지막에는 아프다는 느낌조차 없었다.

게다가 술을 마셔서 머리도 멍했고.

크리스토는 술에도 꿇어앉기에도 익숙한지, 곧바로 일어나서 자기 방으로 돌아가려고 했다.

그런데 메이드가 그 앞을 막아서서 싸늘한 눈길로 크리스토를 노려봤다.

"어서 오십시오, 크리스토퍼 님."

"그래. 다녀왔어, 알리사. 망토를 가지고 와줘."

그 메이드의 이름이 알리사인가 보다. 사실 술 마실 때 들었지만.

푸른색 머리가 어깨까지 내려왔고 메이드복을 입어서 귀여웠지만, 얼굴은 아름답다는 말이 어울리는 사람이었다.

나이는 티나와 동갑이거나 약간 더 많을까? 나와 크리스토보다는 연상 같았다.

"제게 뭐라고 하실 말씀은 없으신가요?"

"응? 딱히?"

크리스토가 평소와 달리 퉁명스러웠다.

태도가 마치 좋아하는 사람에게 솔직해지지 못하는 남자애 같군.

네가 무슨 사춘기냐!

술 마실 때는 입에 침이 마르도록 알리사가 귀엽다느니 착하다느니 떠들었으면서.

이러니까 크리스토가 귀여워 보인다.

“그러신가요. 그럼 방으로 돌아갈까요, 크리스토퍼 님.”
“알았어.”
그러고서 둘은 방에서 나갔다.
잠시 있다가 나도 다리 저림이 약간 풀려서 간신히 일어날 수 있었다.
“좋아. 그럼 갈까.”
“그래요, 여보.”
레오 폐하와 왕비님도 방을 나가려고 했다.
“너희도 와라.”
“네, 알겠습니다.”
레오 폐하의 말을 따라서 나와 예레 씨도 따라갔다.
나는 다리를 질질 끌다시피 걸었다.
그나저나 어디 가는 거지?
빨리 자고 싶은데…….
잠시 걷다가 레오 폐하가 뒤를 돌아보고 말했다.
“너희, 여기서부터는 발소리를 내지 마라.”
그러고는 살금살금 걸었다.
왜지?
잘은 모르겠지만, 발소리 없애기에는 도가 터서 술을 마셨어도 가능하다. 다리가 저려서 살짝 어렵지만.
그렇게 네 사람이 살금살금 걸어간 곳은 어떤 방문 앞이었다.
레오 폐하가 소리를 전혀 내지 않고 그 문을 살며시 열었다.

아슬아슬하게 안이 보일 정도로 열자 폐하와 왕비님, 그리고 예레 씨도 안을 봤다.

뭘 하는지 모르겠지만, 나도 궁금해서 들여다봤다.

아래부터 폐하, 왕비님, 예레 씨, 그리고 내가 줄줄이 소시지처럼 방을 훔쳐봤다.

안에는 크리스토와 메이드, 알리사 씨가 있었다.

놀랍게도 서로 껴안고 있었다.

목구멍까지 올라온 목소리를 가까스로 삼켰다.

아니, 자세히 보니까 껴안은 게 아니라 알리사 씨가 크리스토의 가슴에 뛰어들듯 안겼고, 크리스토는 오른손으로 알리사 씨의 등을 토닥이고 있었다.

그 상태를 껴안았다고 할 수 있을까? 크리스토가 알리사 씨의 등에 두 팔을 둘렀으면 껴안았다고 단언할 수 있지만.

"걱정했어요, 크리스토……. 지금까지 이렇게 늦게 돌아온 적이 없으니까……."

"미안하다니까. 그냥 처음 친구가 생겨서 들떠서 그래."

알리사 씨는 아까 들은 당찬 목소리와는 180도 변해서 울먹이듯 떨리는 목소리로 크리스토에게 안겨 있었다.

"앞으로 이러지 마세요. 크리스토가 괜찮아도 제가 불안해서 미칠 것 같아요."

"알았어, 다음에는 알리사한테 똑바로 말할게."

크리스토가 상냥하게 등을 토닥이며 말했다.

뭐야, 저거. 누구야?

나는 저런 크리스토를 모른다.

조금 더 지켜보고 싶었지만, 레오 폐하가 어깨를 두드리고 몸을 뺐다.

그러고는 또 전혀 소리를 내지 않고 문을 닫았다. 음, 역시 익숙해 보인다. 절대로 한두 번 해 본 솜씨는 아니다.

문을 닫고 들키지 않도록 방 앞에서 멀어졌다.

얼마간 걷다가 레오 폐하와 왕비님이 조금 흥분한 투로 입을 열었다.

“캬아, 좋은 구경 했어!”

“그러게요. 에릭, 당신 덕분이에요.”

“네? 아뇨, 저는 아무것도…….”

“당신이 아무 말 없이 크리스토를 데리고 간 덕분에 저 광경을 보게 됐는걸요.”

아니, 아까 그 일로 우리를 혼낸 사람이 누군데. 말 바꾸는 속도가 너무 빠르잖아.

“허리에 손을 두르고 끌어안아서 머리라도 만져주면 좋을 것을. 그 녀석은 배짱이 없어!”

“그러게 말이에요. 누구를 닮아서 그럴까요, 여보.”

“……누구일까. 모르겠네.”

그러면서 두 사람은 걸어갔다.

“우리도 돌아갈까요?”

"네, 가죠."

"에릭, 방금 본 건……."

"물론 아무에게도 말하지 않겠습니다."

"좋습니다. 그럼 가죠."

말은 그렇게 했으나, 다음에 크리스토를 놀려주겠다고 마음속으로 다짐했다.

오늘 혼날 때 날 놀리셨겠다? 그렇다면 되갚아주는 것이 친구 된 도리지.

왕궁을 나온 뒤 숙소로 돌아왔으나, 예레 씨가 집무실로 따라오라고 했다.

이번에는 제대로 혼낼까?

그렇게 생각하며 따라가서 집무실로 들어갔다.

예레 씨는 의자에 앉았고 나는 그 앞에 차렷 자세로 섰다.

"오늘은 수고 많으셨습니다. 힘들었나요?"

"아뇨, 크리스토…… 왕자님도 무척 강하셔서 전투에서는 제가 필요 없을 정도였습니다."

어릴 적부터 영재 교육을 받았을 테니까 그만큼 강할 수 있겠지.

그리고 교육을 받았으니까 전생에서도 좋은 선생님이 되어줬다. 내 실력의 근간은 크리스토다.

"그런가요. 사실 질문을 하나 드리려고 불렀습니다. 에릭도 피곤할 테니까 금방 끝낼게요."

피곤하기보다는 술을 마셔서 졸릴 뿐이다.

지금도 살짝 몸이 휘청거린다.

"무슨 일이시죠?"

눈을 비비고 싶은 욕구를 꾹 참으며 말했다.

"당신이 찾던 크리스토라는 사람은 크리스토퍼 레오 베고니아 왕자님이 맞나요?"

"—!"

졸려서 움직이지 않던 머리를 세게 얻어맞은 기분이었다.

맞다, 예레 씨에게 크리스토를 찾아달라고 했었다.

크리스토를 만난 기쁨에 그 사실을 잊고 있었다.

뭐라고 말해야 할까. 솔직하게 그렇다고 답해야 할까?

하지만 그걸 인정하면 왜 마을에서 나온 적도 없는 내가 왕자를 찾느냐는 의문이 생긴다.

"맞나요?"

예레 씨의 물음, 아니, 그건 이미 확인에 가까웠다.

"……네."

고민했지만, 솔직하게 답하기로 했다.

앞으로도 함께 지내야 할 사람에게 거짓말을 해서 괜한 수고를 끼치고 싶지 않다.

그나저나 뭐라고 대답해야 하지?

크리스토는 사별한 친구입니다, 라고 말할 수는 없지 않은가.

"그런가요. 질문은 이것뿐입니다. 돌아가서 쉬세요."

예레 씨는 아무것도 묻지 않았다. 살짝 맥이 빠졌다.

"제가 듣고 싶었던 말은 그게 전부입니다. 당신이 원치 않는 말을 물을 정도로 눈치가 없지는 않아요."

"예레 씨……! 감사합니다."

정말로, 다행이다. 물어보면 아무 대답도 하지 못했다.

착한 사람이라서 살았다. 예레 씨가 무표정하면서도 기사단원 모두에게 사랑받는 이유를 알겠다.

"에릭, 오늘은 수고했어요. 푹 쉬세요."

"네, 감사합니다. 그럼 실례하겠습니다."

나는 예를 갖춰 인사하고 집무실에서 나왔다.

후우, 그 질문으로 긴장해서 술이 깼지만, 방으로 돌아오자 단숨에 잠기운이 몰려온다.

아마 엘레나 씨는 이미 잠들었겠지. 깨우지 않게 가볍게 샤워만 하고 바로 자자.

……그렇게 생각해서 어젯밤에 물도 마시지 않고 잤으니 머리가 이렇게 아픈 건가.

식당에서도 안색이 안 좋았는지, 티나와 유리나 씨가 걱정했다.

오늘 아침은 티나가 만든 도시락과 식당에서 준비한 된장국을 먹었다.

엘레나 씨 말에 따르면 숙취 해소에는 된장국도 꽤 좋다고 한다. 무척 유용한 정보라서 바로 시도해 봤다.

기분 탓인지 몰라도 일어났을 때보다 한결 속이 나아졌다.

"에릭, 힘들겠지만 훈련 힘내!"

"그래, 티나 너도 힘내."

그렇게 티나와 헤어진 나는 유리나 씨, 엘레나 씨와 훈련장으로 갔다.

오늘은 크리스토를 호위하지는 않을 테니까 평범한 일과에 힘써야지.

◇ ◇ ◇

"안 덤비고 뭐 해, 크리스토. 더 열심히 해 봐."

"허억허억…… 젠장!"

아침부터 왕궁의 자그마한 정원, 내가 항상 훈련하는 곳에서 일방적으로 얻어터지고 있었다.

상대는 리베르토. 이렇게 헤실헤실 웃고 있지만, 기사단 최강이자 부단장을 맡은 남자다.

몇 번, 몇십 번을 이 녀석과 싸웠어도 아직도 이길 방법이 없었다.

심지어 오늘은 술을 안 마셔서 작은 빈틈도 찾기 어려웠다.

뭐, 술을 마셔서 흐느적댈 때도 전혀 못 이겼지만.

빈틈이 있기는 있지만, 의도적으로 만든 허점이다. 나는 아직 가짜 빈틈과 진짜 빈틈이 확실하게 구분되지 않는다.

그러고 보니 예레가 말했지. 에릭은 이 녀석한테 이겼다고.

같은 나이에 그렇게 강하다는 말이 쉽게 믿어지지 않지만, 예레가 거짓말을 할 리도 없다.

"리베르토."

"응? 뭐야?"

"에릭 아울린이라고 알아?"

"에릭…… 아, 그 착한 애?"

착한 애? 리베르토 치고는 특이한 평가였다.

"내가 토했을 때 등을 문질러주고 의무실까지 옮겨줬거든."

"아, 취해서 토했어? 더럽게."

"심지어 업어줬을 때 등에다 토했어."

"쓰레기네."

나와 훈련할 때도 토한 적이 있는데, 나는 귀찮아서 돌봐줄 생각도 하지 않고 다른 사람에게 떠넘겼다.

등에 업었는데 토하면 진짜로 죽이고 싶겠지.

에릭이 착하네.

"에릭과 싸웠지? 강했어?"

"응, 강했지. 근데 에릭 이야기는 또 어디서 들었냐?"

"어제 사냥 호위가 에릭이었어. 아버지가 나와 동갑이라는 이유로 붙여줬어."

"허허, 레오 씨는 변함없이 건성건성이구만."

리베르토는 자주 내 훈련을 봐줘서 아버지와도 종종 만난다.

건성건성 사는 인간들끼리 참 사이도 좋다.

"이번에는 아버지에게 감사하고 있어. 에릭과 친구가 됐으니까."

"오, 그래? 지금까지 친구도 없는 외톨박이였는데 잘됐네."

"외톨박이라고 하지 마."

아니라고는 할 수 없지만.

지금까지 왕자로서 여러 나라에 갔고 나와 처지가 비슷한 사람에게 호의적으로 대했지만, 사교 자리에서 편하게 지낼 수는 없고 상대의 속내 또한 신경 써야 했다.

그래도 에릭은 처음 만난 나를 편하게 대해주는 친구였다.

정말로 바라 마지않던 친구.

에릭도 왠지는 몰라도 울면서 기뻐했다. 내가 더 기쁘다고 생각하는데 말이다.

"너와 훈련할 때 그 녀석도 빼올까? 부단장이 데리고 간다는데 누가 뭐라고 하겠어?"

"그렇게 해줘."

"어, 어어…… 진짜 부탁할 줄은 몰랐네. 농담이었는데."

사냥은 한 달에 한두 번밖에 안 한다. 그때마다 지목해도 만날 기회가 너무 적다.

리베르토와 같이 훈련하러 오면 한 주에 세 번 이상은 만날 수 있다.

"그래도 그 녀석은 강하니까 명분은 확실하지. 지금 내 실력으로는 못 이길 정도야."

그 말이 에릭과 만난다고 들떴던 내 마음의 열을 식혀 버렸다.

“……그건, 왼팔이 있었으면 이긴다는 말이야?”

느물느물 웃던 리베르토는 내 분위기가 변한 것을 알고 진지한 표정을 지었다.

“그런 뜻이 아니야. 왼팔이 있어도 이겼을지 어떨지 정말로 몰라. 그 녀석은 그만큼 강해.”

“……”

“그러니까 그 일을 계속 마음에 담아두지 마.”

내 머리를 거칠게 만지면서 리베르토는 칼을 칼집에 넣었다.

“오늘 훈련은 끝이야. 내일은 에릭도 데리고 올게.”

“……그래. 부탁할게.”

“맞아, 한 달 뒤에 있을 그거에도 에릭을 데리고 가면 어때? 레오 씨라면 아마 허락할걸?”

“그래, 아버지한테 말해 볼게. 아마 괜찮다고 하겠지.”

그렇게 리베르토는 정원에서 떠났다.

홀로 서 있는 내게 알리사가 다가왔다.

“수고하셨어요, 크리스토. 수건 받아요.”

“고마워.”

수건으로 땀을 닦았다. 물에 적셔 수건이 시원했다.

“크리스토, 이제 그 일은 신경 쓰지 않아도 된다고 봐요. 당신을 위해서도, 리베르토를 위해서도.”

“……알아.”

나는 알리사에게 보이지 않도록 수건으로 얼굴을 가리며 정원에서 왕궁 안으로 들어갔다.

그 사건을 잊을 수 있을 만큼 나는 멍청하지는 않아, 알리사.

◇ ◇ ◇

"이야앗!"

엘레나 씨가 기합을 지르며 돌진해 왔다.

두 손에 단검을 쥔 이도류다.

오른손 단검을 내 목으로 휘두르지만, 몸을 살짝 빼서 피했다.

지체 없이 배를 찌르는 왼손 단검은 검으로 튕겨 냈다.

나는 뒤로 물러나면서 엘레나 씨의 공격을 계속해서 피했다.

이도류는 멋있고 강해 보이지만, 실제로는 사용하기 까다로운 검술이다.

사람에게는 자주 쓰는 손이 있어서 그쪽에 공격과 방어가 치중되게 마련이다. 그렇다면 보통은 길이가 더 긴 무기를 한 손으로 쓰는 편이 강하다.

하지만 엘레나 씨는 단검 두 자루를 무척 능수능란하게 다루었다.

공격과 공격의 간격이 짧아 연속해서 공격해 왔다.

두 손에 든 단검을 균등하게 잘 다뤄서 상대에게 공격할 여유를 주지 않았다.

하지만 이런 숨 쉴 틈 없는 공격을 계속하면 언젠가 지쳐서 멈추는 때가 온다.

엘레나 씨는 더 공격하면 불리해진다고 판단했는지 뒤로 빠졌다.

나는 그때를 놓치지 않았다.

물러선 엘레나 씨에게 이번에는 내가 접근해서 공세를 이어갔다.

"윽……!"

내 공격을 피하려고 한다.

숨이 가쁜 엘레나 씨가 무리해서 몸을 비틀다가 발이 엉켜 넘어지고 말았다.

"아윽! 아야…… 엉덩방아 찧었어."

"괜찮아요?"

"응, 고마워."

내가 내민 손을 잡고 엘레나 씨가 일어났다.

엉덩이에 묻은 흙을 터는 모습은 역시나 여성스러웠다.

"에릭은 역시 강하네. 오랜만에 싸웠는데 또 졌어."

"저도 엘레나 씨만큼 이도류를 잘 쓰는 사람은 못 봤어요."

"그, 그래? 에헤헤."

엘레나 씨는 발개진 뺨을 긁적이며 수줍게 웃었다.

나와 티나가 왕도로 와서 기사단에 들어온 지도 한 달이 지났다.

슬슬 왕도 생활과 기사 업무도 익숙해졌다.

가장 많은 일은 역시 순찰과 건물 경비였다.

순찰은 치안이 나쁘지 않아서 별로 힘들지 않았다.

하지만 모험가 길드 경비는 다른 일에 비해 너무 귀찮았다.

모험가 중에는 쉽게 화내고, 쉽게 주먹이 나가는 사람이 많아서 자주 말썽을 빚었다.

잘해야 주먹다짐이고, 잘못하면 길드 내부에서 무기를 꺼내는 살인 미수 흉기 난동까지 벌어졌다.

그렇게 되기 전에 말리면 괜찮지만, 한 번 시작되면 경비하는 기사들이 뜯어말려야 했다.

최근 한 달 동안 몇 번 그런 상황에 맞닥뜨렸는데, 나는 싸우는 사람들을 기절시켜 끝냈다.

거친 수단은 자제해야겠지만, 기절시키는 게 가장 편했다.

내 덕분에 부상자(기절한 사람 제외)가 한 명도 나오지 않아서 접수원들이 내게 무척 잘해줬다.

전에 접수원 한 명에게 직접 만든 쿠키도 받았다.

그 이야기를 아저씨에게 하니 「왜 너만……」이라는 소리를 들었다.

전에 엘레나 씨도 받았다고 내가 반박하자 아저씨는 「그 애는 괜찮아, 천사니까」라는 소리를 했다.

동의했다.

"에릭? 왜 멍하게 있어?"

"앗, 아무것도 아니에요."

얼굴을 들여다봐서 깜짝 놀랐다.

"걱정돼서 그래? 아까 단장님이 부르시던데."

"아아, 그러네요. 그것도 신경 쓰여요."

호출한 이유는 짐작이 간다.

그렇게 오늘 훈련을 마쳤다.

오늘은 오후 훈련이라서 샤워를 하면 바로 저녁 시간이 된다.

하지만 나는 식당으로 가기 전에 집무실로 오라는 지시를 받았다.

“에릭, 나중에 봐.”

“네. 식당에서 봐요.”

엘레나 씨와 헤어지고 혼자 집무실로 갔다.

문 앞에서 늘 그러듯 노크했다.

입실 허가를 받고 문을 열었다.

예레 씨가 집무실 의자에 바른 자세로 앉아 있었다.

“에릭, 잘 왔어요. 식사 시간에 불러서 미안합니다.”

“아뇨, 괜찮습니다. 그런데 무슨 일로 부르셨죠?”

“잠시만 기다려주세요. 한 명 더 와야 합니다.”

그 직후, 집무실 문이 노크도 없이 열렸다.

돌아보자 기사단 부단장 리베르토 코랄레스가 있었다.

“예레, 왔어.”

“노크하세요.”

“아이고, 깜빡했네. 그래도 뭐 어때? 우리 사이에.”

“가까운 사이에도 예의를 지키라는 말, 모르나요?”

“모르는데.”

“……모르면 됐습니다.”

한숨은 안 쉬었지만, 당장에라도 쉴 것 같은 분위기로 예레 씨가 이야기를 진행했다.

“두 분에게 임무를 내리겠습니다. 이건 극비 임무입니다. 발설은

엄금이에요."

"알아. 크리스토 호위 임무지?"

"네. 임무는 크리스토퍼 레오 베고니아 왕자님 호위입니다."

예레 씨가 평소 이상으로 진지하게 말했다.

최근 한 달 동안 크리스토와 함께 훈련할 기회가 몇 차례 있었다.

전생에서는 내가 배우는 입장이었지만, 현생에서는 내가 가르치는 입장이었다.

그때 이 임무에 관해 들을 수 있었다.

"여러 나라를 돌아본다고? 왕자인 네가?"

"그래. 그것도 극비로."

크리스토는 작년부터 신분을 숨긴 채 다른 나라를 돌아보고 있다고 했다.

그것이 이 나라 왕족의 관례이며, 다른 나라의 도시나 마을을 보고 배우라는 취지인 모양이었다.

그 나라의 왕족과 만나지 않으니까 방문은 극비로 진행된다.

보통 타국의 왕자가 오리라고 생각하지 않으니까 불시에 찾아가면 그 나라의 민낯을 볼 수 있다.

"극비라고 해도 호위병은 있어야 해. 항상 두세 명 호위와 함께 가."

"내가 거기에 껴도 돼? 아직 기사단에 들어온 지 한 달도 안 된 신참인데."

"에릭이라면 실력은 더할 나위 없어. 아버지도 허락해 줄 테니까 괜찮아."

"그래? 그러면 기꺼이 호위해 드려야죠, 크리스토 왕자님."

"그래, 너랑 가면 마음이 놓여. 잘 부탁해, 에릭."

그런 이야기를 며칠 전에 했으니까 오늘 예레 씨가 호출한 이유도 대충 알고 있었다.

"에릭도 데리고 가? 그밖에 다른 사람은?"

"마법 기사단 부단장 비비아나 씨도 갑니다. 이렇게 세 명이 호위를 맡아주세요."

기사단 부단장과 마법 기사단 부단장이라고?

나 말고는 대단한 사람들뿐인데 내가 가도 괜찮나?

"에릭, 당신 실력은 저나 리베르토도 인정해요. 긴장되겠지만, 열심히 해주세요."

"네, 넷. 알겠습니다."

"괜찮아. 몰래 가는 거니까 어차피 큰 사고도 안 일어나. 친구랑 놀러 가는 기분으로 가자고."

"그렇게까지 긴장을 풀라는 소리는 아니에요."

리베르토 씨가 내 긴장을 덜어주려고 농담을 던졌다.

농담……이겠지? 이 사람이라면 정말로 그럴 것 같단 말이야.

"이번에는 언제, 어디로 가?"

"출발은 이틀 후 아침입니다. 꼼꼼히 준비해 두세요. 기간은 일주일로 예정되었어요."

"그리고 이번에 갈 나라는—."

"—하루지온 왕국입니다."

그 국명을 듣고 눈이 크게 뜨였다.

갑작스러워서 한순간 머리가 멈추고 말았다.

하루지온 왕국은 이레네가 있는 나라다……!

이레네 하루지온.

전생에서 나는 그녀와 만나고 연인이 되었다.

내가 가족, 소꿉친구, 그리고 가장 친한 친구를 모두 잃고 만난 여성이며, 그녀도 나와 마찬가지로 모든 것을 잃었다.

서로의 처지를 이해하는 우리는 서로 상처를 핥고 위로하듯 함께 행동했다.

연인이 되어 더는 잃지 않겠다고 맹세했는데, 나는 그녀를 지키지 못했다.

그래서 전생의 나는 그녀 옆에서 스스로 목숨을 끊었다.

현생에서도 그녀를 잊은 날은 하루도 없었다.

밤이 올 때마다 그녀를 생각했다.

그녀와 만나고 싶다, 목소리를 듣고 싶다, 그 몸에 닿고 싶다, 끌어안고 싶다…….

그런 생각을 하면서 수천 번의 밤을 보냈다.

"—에릭? 듣고 있나요?"

“네?”

나를 부르는 소리에 정신이 번쩍 들었다. 예레 씨와 리베르토 씨가 당혹스럽게 나를 보고 있었다.

“죄, 죄송합니다. 집중을 못 했습니다.”

“몸이라도 안 좋나요?”

“그런 건 아니에요. 죄송합니다.”

나라 이름을 듣고 이레네를 떠올려 완전히 넋을 놓고 있었다.

“그나저나 하루지온 왕국이라. 이 시기에 가게?”

리베르토 씨의 말투가 뭔가 꺼림칙했다.

무슨 말을 하고 싶은지는 알 것 같았다.

들리는 소문에 의하면 현재 하루지온 왕국은 정세가 어지럽고 불안정한 상태다.

사실상 차기 국왕으로 확정되었던 펠릭스 글라디오가 누군가에게…… 뭐 내가 그랬지만, 죽어서 사정이 복잡해졌다고 한다.

호전적인 펠릭스가 사망하여 전쟁은 피했지만, 그 탓에 주전파의 불만이 쌓였다.

원래 전쟁을 하지 않는 나라였지만, 펠릭스 때문에 전쟁 직전까지 갔었다.

그게 갑자기 무산되었으니 호전적인 자들이 이를 좋게 생각할 리 없었다.

그밖에도 펠릭스가 죽은 영향은 다양하게 나타나고 있다고 들었다.

“네. 이 시기니까 하루지온 왕국에 가는 겁니다. 현재 상황에서 세레도니아 하루지온 국왕이 어떻게 대처하는지 배우는 거죠."

"그렇군. 이번 임무는 잘못하면 귀찮아지겠어."

리베르토 씨는 귀찮음을 숨기려고도 하지 않았다.

나도 평소라면 한숨이라도 쉬고 싶었겠지만, 지금은 걱정보다 기대가 앞섰다.

어쩌면— 이레네를 만날 수 있을지도 모른다.

현실적이지 않더라도, 어찌 기대하지 않을 수 있겠는가.

하루지온 왕국은 큰 나라다. 어쩌면 이레네가 있는 도시에 갈 수 있을지도 모른다.

그래도 어쩌면, 하는 기대감을 주체할 수 없었다.

"내일 밤에 다시 집무실로 오세요. 그때 조금 더 자세한 이야기를 나누고 모레 아침 일찍 출발할 겁니다. 이해하셨죠?"

"네, 알겠습니다."

"알았어. 이제 가도 돼?"

"네, 수고하셨어요. 가서 푹 쉬세요."

리베르토 씨는 자기 혼자 방에서 나갔다.

나는 인사하고 고개를 숙인 뒤에 방을 나왔다.

"그럼 모레부터 잘해 보자, 에릭. 이번에는 조금 귀찮아질지도 모르지만, 아마 괜찮겠지."

"잘 부탁해요, 리베르토 씨."

"오냐. 그럼 나는 술이나 마실까."

"적당히 마시세요."

리베르토 씨는 내 말에 대꾸도 하지 않고 돌아서서 손을 휘휘 저으며 떠났다.

내 말은 귓등으로도 안 들었겠군.

나는 집무실을 나와서 식당으로 왔다.

우선 티나와 엘레나 씨를 찾기로 했다.

항상 아침과 저녁 식사는 티나, 엘레나 씨, 그리고 유리나 씨와 함께 먹는 것이 일상이 됐다.

가끔 부단장 일을 내팽개친 비비아나 씨가 거기에 끼고는 했다.

식당을 돌아보다가 그 네 사람을 찾았다. 오늘은 비비아나 씨도 있었다.

나는 식사를 받아서 그 자리로 갔다.

"아, 에릭! 수고했어!"

"그래, 너도."

"에릭, 수고했다."

"수고하셨어요, 유리나 씨. 오늘은 길드 경비였죠?"

"그래. 역시 거기에는 인간 말종뿐이야."

한 번 유리나 씨와 함께 길드 경비를 선 적이 있는데, 유리나 씨의 외모 때문에 이상한 인간이 자주 꼬였다.

유리나 씨는 강해서 괜찮지만, 멀리서 바라보는 파렴치한 눈길이 불쾌한 모양이었다. 그런 시선은 실제 피해가 없어서 막을 방법이 없어서 문제였다.

"예레 단장님은 이해심이 많아서 길드 경비 횟수를 줄여주시지만, 그렇다고 아예 안 갈 수는 없지."

"정말로 수고가 많으셨네요."

유리나 씨는 몸보다 정신적으로 지쳐 보였다.

"비비아나 씨, 수고하셨어요."

볼이 미어터지도록 음식을 쑤셔 넣고 맛있게 우물거리는 비비아나 씨에게도 인사했다.

"웅, 후호해허~"

"뭐라고 하는지 모르겠어요."

입안에 음식을 넣고 말하면 예의 없어 보일 텐데, 그녀가 하면 볼 주머니를 채운 동물 같아서 귀엽다.

비비아나 씨가 음식을 꿀꺽 삼키고 싱긋 웃었다.

"수고했어~ 그리고 에릭, 모레부터 잘 부탁해~"

"아니, 비비아나 씨……?!"

"모레? 무슨 일 있었나?"

엘레나 씨가 고개를 갸웃했다.

이 사람, 무슨 생각이야! 극비 임무를 주변 사람한테 발설하면 안 되잖아!

"앗, 실수했다."

이제 알았냐!

"비비아나 씨, 모레 무슨 일 있어요?"

"그, 그게……."

이 극비 임무는 가까운 사람에게도 말하면 안 된다고 들었다.

비비아나 씨도 주의를 받았을 텐데, 말실수를 수습하지 못해 쩔쩔맸다.

제발 잘 넘겨주세요.

자기가 한 잘못은 자기가 책임져야죠.

"앗!"

오, 생각났나.

"모레부터 에릭이랑 일주일 여행 가기로 했어!"

그 말이 식탁에 찬물을 끼얹었다.

내 앞으로 살짝 겁먹은 표정인 유리나 씨와 어색하게 웃는 엘레나 씨가 보였다.

두 사람은 아마 지금 말이 무슨 실수거나 농담이라고 생각하겠지.

하지만 이런…… 주로 나와 관련된 농담을 진지하게 받아들이는 사람이 내 옆에 앉아 있었다.

옆에서 살기와 비슷한 검은 오라가 나오는 착각이 들었다.

"비비아나 씨, 어떻게 된 일이죠? 에릭도, 설명해줄래?"

—그 후, 진땀 빼며 설명했다.

결국 전부 설명할 수는 없었지만, 나와 비비아나 씨, 그리고 리베르토 부단장이 일주일 동안 임무로 외지를 돈다고 이야기했다.

티나는 어떤 임무인지도 물었지만, 그것까지는 차마 말할 수 없

었다.

티나도 불만스러워 보이기는 하나, 더 깊이 추궁하지는 않았다.

그렇게 저녁 시간이 끝나고 나는 엘레나 씨와 방으로 돌아왔다.

“후우, 방금은 정말로 식은땀이 났어요…….”

“아하하, 티나는 에릭과 관련되면 무섭게 변하니까.”

엘레나 씨도 살짝 쓴웃음을 지으며 말했다.

이번에는 오해하도록 말한 비비아나 씨 잘못이지만.

그 사람은 정신을 좀 더 똑바로 차렸으면 좋겠다.

“이틀 후 아침이었지? 출발하는 거.”

“네. 그러니까 내일은 여행 채비를 해야 해요.”

“일주일이나 걸리는 임무면 힘들겠어. 조심해서 다녀와.”

“고맙습니다.”

아아, 요즘은 엘레나 씨가 내 마음의 오아시스다.

출장 가는 남편이 이런 기분일까.

아차, 정신 차려라. 내게는 사랑하는 이레네가 있지 않나. 그리고 엘레나 씨는 남자다.

“그럼 불 끌게. 잘 자, 에릭.”

“네. 안녕히 주무세요.”

불이 꺼지기 전에 옆 침대에 누운 엘레나 씨의 자상한 미소를 보며 잠들었다.

그리고— 이틀 후 아침.

나는 평소보다 일찍 일어났다.

침대에서 일어나자마자 출발 준비에 들어갔다.

짐은 어제 거의 챙겨 놓아서 확인만 하면 된다.

옆을 보니 엘레나 씨는 아직 자고 있었다.

한 달 동안 아침 훈련이 많아서 내 딴에는 일찍 일어났지만, 엘레나 씨보다 먼저 일어난 적은 한 번도 없었다.

내가 일어났을 때는 이미 씻고 나온 뒤거나 나갈 준비를 마친 뒤였다.

그래서 엘레나 씨의 잠든 얼굴을 보는 것도 처음이었다.

앳된 얼굴로 무척 편안하게 잠들어 있었다.

절반 열린 입으로 침이 살짝 흘러내렸다.

지금까지 이런 무방비한 얼굴을 보지 못해서 왠지 웃음이 나왔다.

침을 닦아주자. 그리고 부드러워 보이는 머리카락을 잠깐만 만져보자.

그렇게 생각하고 엘레나 씨에게 다가가서 손을 뻗으려고 했다.

"으응…… 에릭, 일어났어?"

"앗, 아, 안녕하세요."

하지만 내가 침대 옆에 선 순간 엘레나 씨가 눈을 번쩍 떴다.

깜짝 놀랐다. 곤히 잠들었다고 생각했는데.

"죄송해요. 제가 깨웠나요?"

"아니야, 괜찮아. 나는 항상 이 시간에 일어나니까."

막 깬 사람답지 않게 날렵하게 일어나서 쭉 기지개를 켰다.

"에릭도 빨리 일어났네? 아 참, 오늘부터 임무라고 했지?"
"네, 맞아요."
"힘내. 다치지 않게 조심하고."
"고마워요."
엘레나 씨가 웃으며 말해주니까 무척 기운이 났다.
힘내서 다녀와야지.
"그럼 다녀올게요."
"응. 잘 다녀와."
짐을 챙겨서 방을 나왔다. 엘레나 씨는 마지막까지 웃으며 손을 흔들어주었다.

숙소를 나와서 조금 걷자 마차가 서 있었다.
앞으로 일주일 동안 타고 다닐 마차였다.
내가 그 앞으로 가니 이미 마차 주위에는 사람이 몇 명 와 있었다.
"왔어, 에릭? 좋은 아침이야."
"그래, 크리스토. 정말 좋은 아침이야."
전생부터 나눴던 우리만의 인사법이다.
현생에서도 크리스토가 하자고 먼저 말을 꺼냈다.
이유는 「친구가 생기면 하고 싶었으니까」였다.
이 말을 듣고 안 해주면 친구가 아니지.
"안녕하세요, 에릭. 잘 잤나요?"
"네, 예레 씨. 푹 잤습니다."

예레 씨도 우리를 배웅하러 온 것 같았다.
옆에는 부단장, 이번 임무의 리더를 맡은 리베르토 씨가 있었다.
"에릭, 아침부터 팔팔하네."
"리베르토 씨는 숙취인가요?"
"그건 아니지. 중요한 임무란 건 아니까 다음 날에 지장을 안 주도록 조절했다고."
바꿔 말하면 중요한 임무 전날에도 마셨다는 말인가. 한결같군.
크리스토 옆에는 메이드 알리사 씨가 있었다.
얼굴에는 드러나지 않지만, 아주 걱정스럽게 크리스토를 보고 있었다.
"알리사 씨, 안녕하세요."
"……! 안녕하십니까, 에릭 님."
갑자기 말을 걸어서 놀라는 눈치였지만, 바로 정신을 차리고 아름답게 예를 갖췄다.
"저한테 님은 안 붙여도 돼요."
"아니요. 크리스토퍼 님의 친구분께 그럴 수는 없습니다."
크리스토퍼 님이라.
나는 이미 이 사람이 크리스토와 둘만 있을 때 님은커녕 애칭으로 부르는 사이라는 사실을 안다.
"크리스토가 걱정되나요?"
"……예, 이번에는 특히."
이번 행선지는 마족의 나라, 하루지온 왕국이다.

마족은 호전적이다. 하루지온 왕국은 그런 나라가 아니지만, 지금은 매우 불안정한 상태다.

걱정될 만도 하다.

"알리사 씨, 제가 약속합니다."

"뭘 말씀이시죠?"

"제가 반드시 크리스토를 지킬게요. 상처 하나 없이 무사히 데리고 오겠다고 약속하겠습니다."

"……! ……믿고 있겠습니다, 에릭 님."

알리사 씨는 내게 다시 한 번 깊이 머리를 숙였다.

"네, 맡겨만 주세요."

"에릭 님도 무사히 돌아오시기를 빌겠습니다. 크리스토의 유일한 친구분이라면, 본인의 몸도 반드시 지키셔야 합니다."

"알겠습니다."

내 걱정까지 할 줄 몰라서 당황했지만, 역시 착한 사람이라고 알 수 있었다.

크리스토가 반한 이유도 알겠다.

이제 출발한다고 생각했는데 자세히 보니 아직 한 명이 안 왔다. 비비아나 씨다.

이미 출발 시각 직전이다. 설마 늦잠인가?

그럴지도 모른다. 그 사람이라면 가능한 일이다.

"기다리셨죠~!"

그렇게 생각하기 무섭게 멀리서 씩씩한 목소리가 들렸다.

돌아보자 손을 흔들며 이쪽으로 오는 비비아나 씨와 옆에서 큰 짐을 든 티나가 있었다.

응? 왜 티나도 있어?

“비비아나 씨, 조금 늦었어요.”

“미안해요, 준비에 시간이 걸려서…….”

“그런가요? 그런데 왜 티나 씨도 있죠?”

예레 씨가 비비아나 씨에게 물었다.

“저어, 항상 아침밥을 만드느라 일찍 일어나는데 오늘 비비아나 씨가 일찍 나가야 한대서 그때 깨우고 함께 준비했어요.”

“일찍 일어나려고 일찍 잤는데 너무 일찍 자서 여행 준비를 깜빡 했지 뭐예요~”

비비아나 씨, 내 상상을 초월하는군.

제발 조금만 더 정신 차리고 살아줬으면 좋겠다.

마법 기사단 부단장이 되었을 정도니까 실력은 확실하겠지만…….

“제 질문은 이번 임무를 왜 티나 씨가 알고 있느냐는 뜻입니다.”

“예레 씨, 제가 설명할게요.”

“에릭이?”

비비아나 씨가 설명하기보다 내가 하는 편이 빠를 것이다.

나는 그저께 밤 비비아나 씨의 실언으로 불가피하게 티나에게 임무 내용을 설명했다고 전했다.

내 해명을 들은 예레 씨는 작게 한숨 쉬고 비비아나 씨를 살짝 노려봤다.

“조심하세요, 비비아나 씨. 원래대로라면 안네에게 혼내도록 말했겠지만, 이제 출발해야 하니까 잔소리는 돌아온 뒤에 하겠습니다.”

“으엑, 알겠습니다…….”

비비아나 씨는 혀를 내밀며 싫은 티를 내고 척 보기에도 알 수 있을 만큼 풀이 죽었다.

아니, 자업자득 아닌가.

“에릭, 이 임무를 아는 사람은 누구죠?”

“티나와 유리나 씨, 그리고 엘레나 씨입니다.”

“정말로 그 세 사람뿐입니까?”

“예.”

“알겠습니다. 그 세 사람이라면 괜찮겠지만, 나중에 발설하지 않도록 일러두죠.”

“수고를 끼쳐서 죄송합니다.”

겨우 준비가 끝나서 출발하기로 했다.

우선 크리스토가 마차에 올라탔다.

마지막까지 알리사 씨는 불안한 눈길로 그 뒷모습을 바라봤다.

“에릭! 무사히 돌아와! 비비아나 씨도 조심하세요!”

“응, 고마워.”

“티나도 잘 지내~”

티나가 웃는 얼굴로 배웅해줬다.

“에릭, 비비아나 씨, 리베르토. 앞으로 일주일 동안 열심히 하세요. 위험한 나라라고 생각하니까 다치지 않게 조심하세요.”

"예."

"네~"

예래 씨의 말에 나와 비비아나 씨가 대답했지만, 리베르토 씨는 히죽 웃기만 했다.

"야, 예레. 그렇게 고운 말로 감싸지 말고 제대로 말해."

"그럴 생각은 없는데요."

"나는 예레의 그 말투를 들어야 힘이 들어가."

무슨 말일까?

잘은 모르겠지만, 예레 씨는 한숨을 쉬더니— 우리를 노려봤다.

그 눈빛에 몸이 저절로 긴장됐다.

"다들 들어라."

평소 예레 씨의 부드러운 음성이 아니라 가슴 안쪽으로 울리는 낮은 목소리였다.

"명령이다— 죽지 마라. 살아서 돌아와라."

"좋아! 명령에 따르지!"

예레 씨의 명령에 리베르토 씨가 기쁘게 답했다.

나도 경악했지만, 그 말이 가슴에 무척 강하게 꽂혔다.

"예, 알겠습니다!"

"알겠습니다~!"

나와 비비아나 씨도 힘줘서 대답했다.

그렇게 우리는 베고니아 왕국을 출발해 하루지온 왕국으로 여행을 떠났다.

He lost all his important things. As he respawn, he aims for the invincibility to save everything.

제 3 장 극비 임무로

베고니아 왕국에서 하루지온 왕국까지는 마차로 이틀은 걸린다.

가까운 거리라고는 할 수 없지만, 멀다고도 할 수 없는 거리였다.

그래서 전생에서 펠릭스가 베고니아 왕국을 침공했으리라.

하루지온 왕국의 지리상 가장 침공하기 쉬운 나라는 틀림없이 베고니아 왕국이니까.

마차는 하루지온 왕국까지 이어진 길을 달리고 있었다.

지금 마차는 리베르토 씨가 몰고 있었다.

이틀 내내 한 사람이 몰기는 아무래도 힘드니까 왕자인 크리스토도 포함해서 교대로 마부를 맡았다.

나도 최근 한 달 사이에 마부가 될 수 있을 만큼 말에 익숙해졌다.

"크리스토도 해도 돼? 일단은 왕자잖아?"

"일단이 아니라도 왕자야. 나는 많이 해봤으니까 괜찮아. 게다가 이틀이나 마차 안에 있으면 지겹잖아?"

그것도 그런가. 이 마차는 왕족이 타는 호화로운 마차가 아니라 평범한 마차였다.

왕족용 마차라면 좌석이 폭신해서 안락한 여행이 되겠지만, 이 마차는 아무래도 엉덩이가 배긴다.

앉아 있는 것만으로도 고생이었다.

그런 점에서…….

"비비아나 씨, 철저하네요."

"응~? 뭐가~?"

비비아나 씨의 엉덩이 아래에는 분홍색 쿠션이 깔려 있었다.

우리 네 사람 중에서 비비아나 씨가 가장 짐 꾸러미가 컸는데, 그 부피의 절반을 이 쿠션이 차지하고 있었다.

처음 가방 안에서 꺼냈을 때는 까닭을 몰랐으나, 마차를 한 시간 정도 타고 나서 알게 됐다.

이 여행에서 가장 괴로운 점은 마차의 진동이라는 사실을.

엉덩이가 아파서 견디지 못하고 몇 번이나 허리를 들어 위치를 바꾸지만, 그런다고 나아지는 것은 없었다.

그러다가 결국에는 일어서 있기로 했다.

내가 일어남과 동시에 크리스토도 자리에서 일어났다.

"크리스토, 너도?"

"그래. 죽을 맛이야."

함께 기지개를 켜자 우리 허리에서 뚜둑 소리가 났다.

서로 얼굴을 마주하고 웃었다.

"역시 마차는 몇 번을 타도 익숙해지질 않아. 비비아나처럼 쿠션을 챙길 걸 그랬어."

"나는 전신 베개가 없으면 잠을 못 자~"

"그거 베개였어요?"

그나저나 얼마 전에 알았는데 비비아나 씨도 크리스토에게 말을 놓는다.

크리스토는 왕궁 정원에서 자주 검술 훈련을 하지만, 마법 훈련도 한다.

최근에는 나도 같이 훈련하지만 가장 많이 훈련을 돕는 사람은 리베르토 씨다.

그리고 마법은 비비아나 씨와 함께 훈련한다는 모양이다.

마법 기사단 단장인 안네 벤딕스 씨도 옛날에는 가르쳐줬다지만, 의외로 그 사람은 잘 가르치는 타입은 아니라고 한다.

감각파라서 구체적으로 알려주지 못한다나 뭐라나.

비비아나 씨는 반대로 가르치는 재주가 있어서 마법을 잘 못 쓰던 크리스토가 일반 마법 기사 수준으로 성장했을 정도다.

그렇다면 나는 전생에서 크리스토를 통해 간접적으로 비비아나 씨의 가르침을 받은 셈이다.

나는 그 가르침을 현생까지 이어받아 티나에게도 가르쳤다.

마음속으로 비비아나 씨에게 감사를 전했다.

정말로 감사합니다. 당신 덕분에 나와 티나는 죽지 않았습니다.

그래도 조금만 더 정신 차리고 살았으면 좋겠네요.

"웅? 에릭, 뭐라고 했어?"

"아뇨, 아무 말도."

베고니아를 출발하고 약 세 시간이 지났다.

슬슬 초원을 지나 숲으로 들어간다.

이 숲을 빠져나가면 하루지온 왕국은 코앞이다.

일단 오늘은 숲에서 야영할 예정이다.

지금은 크리스토가 마차를 몰고, 조금 전까지 마부석에 있던 리베르토 씨는 마차 안에서 조용히 자고 있었다.

"리베르토 씨는 술을 안 마시면 조용히 자네~"

"그러게요."

비비아나 씨의 말투로 봐서는 술을 마시면 코라도 고나 보다.

보나 마나 그렇겠지.

"에릭은 안 자?"

"이 마차 안에서 잘 수 있을 만큼 신경이 둔하지 않아서요."

아까부터 엉덩이가 아파 죽겠다.

리베르토 씨는 이렇게 흔들리는 마차 안에서 용케도 잔다.

엉덩이가 나아질 때까지 또 서 있을까.

그렇게 생각해서 일어서려던 때, 갑자기 마차의 진동이 멎고 밖에서 크리스토의 목소리가 들렸다.

"야, 마물이야! 그것도 꽤 많아!"

그 말에 나와 비비아나 씨는 마차 안에서 얼굴을 내밀었다.

마차 진행 방향에 마물이 보였다.

수십 마리나 있고, 느리지만 우리 쪽으로 오고 있었다.

"으응, 저건 오크인가? 저렇게 많은 걸 보면 오크 제너럴두 있을지 몰라."

나와 크리스토가 처음 만난 날 마물 사냥을 나가서 저것들과 싸웠지만, 저렇게 많지는 않았다. 그때는 기껏해야 네 마리였을 것이다.

그런데 지금 멀리 보이는 오크는 최소 서른 마리는 넘었다.

오크 상위종 중에 오크 제너럴이라는 마물이 있다. 그 녀석은 오크를 통솔해서 단체로 행동한다.

"저 물량, 귀찮군. 피해 갈 수도 없고."

크리스토가 성가시다는 투로 말했다.

진로를 막고 있고 저쪽도 이미 우리를 인식했다. 다가가면 틀림없이 공격해 온다.

"에릭, 리베르토를 깨워. 저걸 다 상대하려면 고생 좀 하겠어."

"알았어."

"아니야, 안 깨워두 돼~"

이 상황에서도 아직 자는 리베르토 씨를 깨우려고 했지만, 비비아나 씨가 제지했다.

"왜? 우리 셋이 저걸 다 해치우게? 가능이야 하겠지만, 비효율적이잖아."

"네 명이 싸우는 게 더 비효율적이야."

"왜죠?"

무슨 소리지? 리베르토 씨는 강하다. 깨워서 함께 싸우면 틀림없이 활약할 텐데.

"나 혼자 하는 게 제일 효율적이야."

"네?"

그 말에 놀라는 사이, 비비아나 씨는 혼자 마차에서 내려서 몇 걸음 떨어졌다.

"둘 다 위험하니까 내리지 마~"

비비아나 씨가 우리를 돌아보고 웃으며 말했다.

정말로 혼자서 싸울 셈인가?

"크리스토, 어떡할래?"

"맡겨 보자. 나도 비비아나의 마법을 별로 본 적이 없어."

"그래?"

"비비아나에게 마법을 배우기는 해도 왕궁 정원에서는 강한 마법을 못 쓰니까."

그랬나.

일단 마차에서 내리지 않고 상황을 지켜보기로 했다.

"으음, 저 양이면 그걸루 되겠지?"

비비아나 씨는 옷 안쪽에서 지팡이를 꺼냈다. 사람의 아래팔 정도의 길이였다.

서른 마리 이상의 마물이 비비아나 씨를 확인하더니 일시에 달려오기 시작했다.

2미터를 넘는 덩치들이 우르르 달려오는 광경은 꽤나 박력이 넘쳤다.

비비아나 씨는 초조한 기색도 없이 마력을 모았다.

그것을 보는 나와 크리스토의 눈이 커졌다.

이 마력 제어 속도와 어마어마한 마력량은 뭐야……!

“간다~『스타 플레어(화염탄)』!”

마법명을 외자 비비아나 씨 머리 위에 불덩이가 약 열 개 나타났다.

“날아가라, 슝~”

기운 빠지는 소리와 함께 불덩이가 동시에 오크 무리 쪽으로 날아갔다.

날아가는 속도가 엄청나게 빨라서 바람 가르는 소리가 들릴 정도였다.

그리고 그 불덩이가 오크 무리 선두에 명중하고…… 동시에 대폭발이 일었다.

“으앗?!”

옆에 있는 크리스토가 폭음, 폭풍에 놀라서 소리 질렀다.

오크 무리가 온데간데없이 사라질 정도의 폭발이었다.

그 작은 불덩이에 이런 위력이 담겨 있다니…….

흙먼지가 걷힌 뒤, 그곳에는 오크 살점밖에 남아 있지 않았다.

서른 마리가 넘던 오크가 단 하나의 마법으로 증발해 버렸다.

“굉장해…….”

크리스토가 무심결에 중얼거리는 소리가 들렸다.

나도 완전히 같은 생각이었다.

나도 전생에서 많은 전쟁에 나갔지만, 이런 마법은 본 적이 없다.

마법사가 모두 이런 마법을 쓴다면 전쟁에서 마법만으로 사망자가 수천 명은 나올 것이다.

내가 아는 범위에서 가장 우수한 마법사는 전생의 이레네, 재능만 보면 티나였다.

하지만 지금 마법만으로 티나와 이레네의 수준을 훨씬 능가했음을 알 수 있었다.

"끝~ 봐, 빨리 끝났지?"

마차로 돌아온 비비아나 씨가 무척 귀엽게 웃었지만, 그 마법을 본 나와 크리스토는 헛웃음밖에 나오지 않았다.

◇ ◇ ◇

나는 에릭을 배웅하고 예레 씨와 함께 숙소로 돌아왔다.

에릭이 없으니까 아침은 안 만들어도 될까, 라고 한순간 생각했지만, 엘레나 씨와 유리나 씨의 식사를 만들어야 한다.

그 두 사람이라면 깜빡하고 못 만들었다고 해도 웃으면서 괜찮다고 할 것 같지만, 역시 내가 만든 밥을 먹어줬으면 좋겠다.

왕도에 와서 처음 생긴 친구니까.

……엘레나 씨는 남자라는 느낌은 별로 안 들지만.

평소대로 아침밥을 만들어서 식당으로 갔다. 엄마와 셀레나 아줌마에게 많은 요리를 배웠으니까 매일 식단이 겹치지 않게 준비했다.

아침을 만들어서 쟁반 위에 올렸다.

그리고 바람 마법을 썼다.

그러자 세 쟁반이 떠올랐다. 그것을 내 머리 위에 유지한다.

이렇게 섬세한 마법을 사용하면 마법의 질이 오른다고 비비아나 씨가 말했다.

함께 살면 훈련할 때 묻지 못했던 질문을 하거나 모르는 것을 배울 수 있어서 좋다.

걷는 속도에 맞춰서 머리 위에 있는 쟁반도 움직였다.

이게 의외로 어려워서 처음에는 뜨거운 수프를 머리에 흘려서 아주 난리가 났었다.

지금은 집중하면 흘릴 일은 없지만, 제법 정신을 쏟지 않으면 유지할 수 없다.

반면, 비비아나 씨는 나와 수다를 떨면서 수프를 한 방울도 흘리지 않고 옮겨 보였다. 솔직히 대단하다고 생각했다.

식당까지 가서 엘레나 씨와 유리나를 찾았다.

사람이 많아서 여기서도 집중하지 않으면 다른 사람 머리에 쟁반을 쏟고 만다.

"아, 티나! 여기야, 여기!"

옆에서 목소리가 들려서 돌아보니 엘레나 씨가 손을 크게 흔드는 모습이 보였다. 옆에는 유리나도 있었다.

마지막까지 긴장을 풀지 않고 마법을 유지한 채 두 사람에게 다가갔다.

"엘레나 씨, 유리나, 잘 잤어?"

"그래. 오늘도 아침을 만들어줘서 고마워."

"나도 고마워, 티나!"

쟁반을 두 사람 앞으로 옮기고 둘이 받은 뒤에야 마법을 풀었다.

내 쟁반도 손으로 들었다.

이 건네기가 어려워서 처음에는 조절을 잘못해서 유리나의 치마를 들치고 말았다.

그것을 에릭이 직시해 버려서 조금 할 말이 있었지만, 전적으로 내 책임이라서 아무 말 없이 유리나에게 사과했다.

에릭이 봐서 창피했는지 유리나는 얼굴이 새빨개지면서도 괜찮다고 해줬다.

우리는 자리에 앉아서 식사를 시작했다.

"오늘부터 에릭과 비비아나 씨는 임무로 없지?"

아, 맞아. 일단 두 사람에게 말해 둬야지.

"아까 예레 단장님과 만났는데 그 임무는 아무한테도 말하면 안 된대."

"알아. 무슨 임무인지는 몰라도 기사단과 마법 기사단 부단장 두 명이 함께 움직인다면 틀림없이 중요한 임무겠지."

나는 출발할 때 가서 왕자님 호위 임무라는 사실을 알았지만…… 말하지는 말자.

"그러게. 그냥 모른 척 넘어갔지만, 역시 궁금해."

"그래도 일주일이면 돌아온다니까 괜찮겠죠."

유리나는 엘레나 씨에게 존댓말을 썼다.

나는 엘레나 씨라고 불러도 말을 놔도 된다고 해서 편하게 말했다.

유리나는 그런 부분에 고지식하니까. 그게 좋은 점이기도 하지만.

"아마 나중에 예레 단장님이 직접 말씀하시겠지만, 다른 사람에게 말하지 않게 조심해."

"그 정도야 알지. 극비 임무인데."

엘레나 씨가 웃으면서 대답했다.

나도 두 사람이 말하지 않을 거라고 믿지만, 일단 노파심에 일러뒀다.

이야기하면서 아침을 다 먹었다. 두 사람 모두 맛있다고 해줘서 다행이다.

이제부터 훈련 시간이니까 나는 둘과 헤어지고 마법 기사단 훈련장으로 갔다.

훈련장에서 안네 단장님이 평소처럼 아침 인사를 했다.

그리고 그때 이렇게 말했다.

"비비아나 부단장이 오늘 임무에 착수해서 부단장 인사는 생략할게. 그럼 열심히 하렴."

비비아나 씨의 인사가 없으니까 몇 안 되는 남자들의 기운이 없었다.

안네 단장님은 오늘 비비아나 씨가 없다고 말했지만, 사실 앞으로 일주일은 없다.

남자들이 알면 어떻게 반응할까.

"티나 아울린. 잠깐 나 좀 보자."

인사가 끝나고 훈련의 시작으로 달리기에 들어가려는데 안네 단장님이 불렀다.

"네, 넷!"

훈련장에서 나와 복도로 갔다.

그곳에서 안네 단장님은 아무도 없는 것을 확인하고 마법을 발동했다.

우리 주위를 바람으로 둘러싸서 소리가 새지 않게 막는 바람 마법의 응용이었다.

"예레에게 들었어. 너, 이번 극비 임무에 관해 안다며?"

"아…… 네."

"걱정하지 마. 너를 탓하지는 않을 테니까. 잘못은 비비아나가 했지. 그 아이는 돌아오면…… 이 이야기는 넘어가자."

돌아오면…… 어쩌려는 셈일까? 거기서 끊으면 신경 쓰이는데, 묻지 않는 편이 현명하겠지.

비비아나 씨, 힘내.

"예레에게도 들었겠지만, 반드시 함구해. 왕자님 호위에 관해 아는 사람은 너뿐이야?"

"아뇨. 두 사람 더, 엘레나 씨와 유리나 씨도 극비 임무라는 건 알아요."

"그래? 알았어. 그 두 사람에게는 아마 예레가 말할 테니까 괜찮겠지."

나는 마법 기사단이니까 안네 단장님이 말하러 왔나?

"네가 마법 기사단에 들어온 지도 한 달째인데 어때? 왕도 생활과 일에는 익숙해졌어?"

"네? 아, 네. 도와주신 덕분에요."

갑자기 물어서 깜짝 놀랐다.

안네 단장님이 단원의 안부를 묻는 사람이었나? 별로 얘기한 적이 없어서 잘 모르겠다.

"그래? 다행이야. 훈련에도 적응했어?"

"네. 마을에 있을 때보다 훈련도 많이 할 수 있고, 선배들에게 배울 것도 많아서 도움이 돼요."

여기에는 나보다 마법을 잘 아는 사람밖에 없었다.

마법은 에릭에게 들은 것이 전부라서 그다지 자세히 배우지 못했다.

실력을 인정받아 마법 기사단에 들어오기는 했으나, 지식은 너무 부족했다.

다양한 지식을 배우고 강해질 수 있어서 기쁘다.

빨리 에릭과 나란히 설 수 있도록 더 노력해야지.

"……그래. 슬슬 때가 됐겠어."

안네 단장님이 작게 중얼거리고 내 눈을 똑바로 보며 말했다.

"티나 아울린. 나랑 싸워."

"……네?"

◇ ◇ ◇

"저기가 관문이군."

마차를 모는 크리스토의 혼잣말이 들렸다.

비비아나 씨가 오크 무리를 해치운 뒤, 우리는 그대로 숲으로 들어왔다.

숲에서는 특별한 할 일이 없었다.

굳이 말하면 자는 도중에 마물들에게 포위당해 있었다는 정도?

비비아나 씨는 일어나지 않았다. 크리스토도 마차 여행으로 피로가 쌓였는지 일어나지 않았다.

깬 사람은 그런 기운에 민감한 나, 그리고 똑같이 기척에 반응한 리베르토 씨였다.

고블린과 코볼트, 오크도 있었던가?

그밖에도 몇 종류가 더 있었던 것 같지만, 잘 기억나지는 않는다. 그때는 자다가 깨서 머리가 멍했다.

그렇다고 위험한 상대는 아니니까 나와 리베르토 씨가 비몽사몽간에 마물을 죽였다.

그리고 둘 다 또 누워서 잤다.

그 후에 곧 크리스토가 나를 깨웠다.

크리스토는 일어나 보니까 피 웅덩이가 생겨서 경악했다고 한다.

나와 리베르토 씨가 자다가 일어나서 죽이고 다시 잤다고 말하니까 반쯤 놀라고 반쯤 어이없어했다.

"리베르토는 이해하지만…… 에릭, 너도 그런 인간이었어?"

그런 인간이 무슨 인간인데?

비비아나 씨는 그때도 일어나지 않아서 대충 마차에 실어서 출발했다.

숲을 빠져나오자 또 초원이 펼쳐졌다. 마물이 나와도 쉽게 보이겠다.

가끔 나오는 마물을 힘을 합쳐 해치우며 마차는 달렸다.

왕도 베고니아를 출발하고 이틀이 지났다.

그리고 겨우 베고니아 왕국과 하루지온 왕국을 잇는 관문에 도착했다.

탁 트인 초원에 나타난 거대한 벽.

그 벽이 두 왕국의 국토를 나누고 있었다.

이어지는 벽 중간에 또 큰 건물이 있었다. 그것이 관문이었다.

여기서 검문을 받아야 하루지온 왕국의 국토를 밟을 수 있다.

"후우, 겨우 하루지온 왕국이군. 이틀이나 마차를 탔더니 엉덩이가 배겨서 죽겠어."

마부석에 앉은 크리스토가 한숨을 쉬고, 쭉 같은 자세여서 몸이 뻐근한지 고개를 돌리고 어깨를 주물렀다.

"이 정도로 지쳤어? 크리스토도 아직 멀었구만."

"리베르토, 넌 말할 자격 없어. 마차를 몬 시간은 네가 제일 짧아."

리베르토 씨는 마차의 진동이 오히려 편안해서 흔들리다 보면 졸린다고 했다.

그래서 이 사람에게 고삐를 맡기면 어느샌가 잠들어서 딴 길로 샌 경우가 몇 번 있었다.

그런 연유로 이 사람에게 맡기면 위험하다고 판단하여 그 외 세 명이 마부석에 앉았다.

"너는 감각이 이상해. 그 상황에서 잠이 와? 이해가 안 돼."

"나는 천재니까."

"아이고, 그러시겠죠."

크리스토가 대충 받아넘기며 고삐를 당겼다.

관문은 완전히 상대 쪽, 하루지온 왕국이 관리한다.

하루지온 왕국의 국왕 세레도니아 하루지온.

베고니아 왕국의 국왕 레오나르도 카를로 베고니아.

오래 전에 그 둘이 회담을 가졌다.

그때 두 사람은 의기투합했다. 특히 레오 폐하는 세레도니아 국왕이 마음에 들어서 「그 관문은 당신에게 맡기겠다!」라고 말한 모양이었다.

두 나라를 잇는 관문을 완전히 상대방에게 맡기는 대담한 결정이었지만, 그래도 아무런 문제가 일어나지 않은 것은 세레도니아 국왕의 인격과 수완, 게다가 레오 폐하의 안목이 좋기 때문이리라.

관문에 가까워지자 무장한 병사가 보였다.

"거기 마차, 정지하세요."

관문 앞에서 크리스토가 마차를 세웠다.

"베고니아 왕국분이시죠? 통행 허가서, 혹은 신분증명서를 지참하셨나요?"

하루지온 왕국 병사는 정중하게 크리스토에게 질문했다.

나도 전생에서 많은 나라를 다녔지만, 이렇게 정중하게 대응하는 관문은 처음 봤다.

다짜고짜 상대를 깔보는 녀석들뿐이었다.

마족은 그런 사람이 많은 이미지였는데, 이 병사들은 마족인데도 굉장히 예의 발랐다. 이런 편견은 고쳐야겠다.

잠시 기다리는 사이 크리스토가 병사들과 이야기를 끝냈다.

"이 일을 세레도니아 폐하께 전해도 되겠습니까?"

"괜찮습니다. 아버지, 우리 국왕도 승낙한 일입니다. 아버지가 안부를 전해 달라고 하더군요."

"알겠습니다. 조심해서 가십시오. 지금 이 나라는 치안이 좋다고 말하기 어렵습니다."

"명심하죠. 걱정해주셔서 감사합니다."

통행 허가서와 신분증명서를 모두 제시한 모양이었다.

하루지온 병사가 긴장한 것처럼 자세가 꼿꼿해졌다.

크리스토도 격식을 차려서 얘기했다.

"출발할게. 또 마차가 흔들릴 테니까 조심해."

그 말을 하고 몇 초 후, 마차가 다시 움직였다.

관문을 통과해 하루지온 왕국으로 진입했다.

안쪽을 지날 때 병사들이 우리에게 경례하고 있었다.

"크리스토, 네가 왕자라고 말했어?"

"응, 했어."

"극비로 입국하는 거 아니었어?"

평상시 도시를 보는 것이 목적이라면 병사들에게 왕족이 왔다고 알리지 말아야 하지 않나?

"다른 나라라면 내 신분을 숨기겠지만, 하루지온 왕국만은 달라. 아버지와 이곳 국왕이 사이가 좋아서 극비로 방문하겠다고 말해도 돼."

"그래?"

"이곳 왕족에게 전해도, 그 사람들은 병사나 국민에게 비밀로 해 줄 거야. 전에 만났는데 좋은 사람들이었어."

"그렇군…… 응?"

전에 만났다? 좋은 사람들이었다?

그렇다는 말은……!

"크리스토!"

"으억, 깜짝이야. 갑자기 뭐야……?"

나는 마차 안에서 크리스토가 있는 밖으로 몸을 불쑥 내밀었다.

"너, 이레네 하루지온이라는 여성을 알아?!"

좋은 사람『들』이라면 국왕뿐 아니라 왕녀도 만난 게 아닌가?!

"알지. 여기 왕녀잖아?"

"알아?! 만난 적 있어?!"

"아버지와 이 나라에 왔을 때 만난 적이 있는데, 그게 왜?"

역시……!

설마 크리스토와 이레네가 아는 사이였을 줄은 생각지도 못했다.

전생에서는 크리스토가 죽은 뒤에 이레네를 만나서 전혀 몰랐다.

"에릭, 너도 이레네 왕녀랑 만났어?"

"아니, 아직은."

"뭐야? 그럼 왜 그렇게 반응해?"

내 전생의 친구와 연인이 아는 사이라는데 안 놀라겠냐.

……라고는 말할 수 없지.

"이레네 왕녀가 유명하긴 하지. 아름다운 왕녀님으로 소문났으니까."

"그, 그랬어?"

"그것도 몰라? 그럼 너는 이레네 왕녀를 어떻게 아는 거야?"

전생에 연인이었다, 라고도 말할 수 없지.

"나도 만나 봤는데 소문 그 이상이야. 그런 미인은 처음 봤어."

내가 다시 태어나고 아직 만나지 못했는데 친구인 크리스토가 나를 앞질러 버렸다.

젠장, 나도 빨리 만나고 싶은데……!

"……알리사 씨한테 일러바쳐야지. 크리스토가 다른 여자를 더 미인이라고 했다고."

"뭐, 뭐라고?! 그게 무슨 소리야?!"

"그런 미인은 처음 봤다며. 그게 그 말 아니야?"

크리스토, 놀려서 미안하다. 그냥 살짝 열 받아서 그래. 네 잘못 아니야.

"뭐?! 그, 그런 뜻으로 한 말이 아니야! 그리고 알리사가 더 귀여워!"

"오오, 알리사 씨가 더 귀여워~?"

"앗, 아니, 그게 아니라……!"

제 무덤을 팠구나, 크리스토.

"오호~"

"흐음~"

"으! 너, 너희 듣고 있었어……?!"

리베르토 씨와 비비아나 씨가 마차 안에서 얼굴만 내밀고 히죽거렸다.

"리베르토 씨, 에릭 씨. 저 말 들었어요?"

"들었고말고. 크리스토가 메이드 알리사가 세상에서 제일 귀엽다고 하는 걸."

"그런 말 안 했어!"

"에엥? 그럼 알리사보다 귀여운 사람이 있다는 뜻인가~?"

"큭, 이것들이……!"

크리스토는 얼굴을 새빨갛게 물들이고 우리를 노려봤지만, 전혀 무섭지 않았다.

"마부 양반, 앞 똑바로 보고 몰아야지?"

"마차가 흔들려~"

"왜 그럴까~? 크리스토, 고삐 제대로 잡고 있어~?"

"너희 절대로 말하지 마! 절대로!"

"뭐지? 해달라는 건가?"

"해달라는 거네."

"해달래~"

"하지 말라고!!"

우리는 이렇게 하루지온 왕국에 입국했다.

아 참, 그리고 이레네보다 귀엽다는 의견에는 동의할 수 없다. 다음에 찬찬히 말을 나눠 보자고, 크리스토.

하루지온 왕국에 입국하고 한 시간쯤이 지났다.

우리는 아직 초원 위를 달리고 있었다.

하루지온 왕국은 왕도 외에는 거의 마을이나 촌락을 이루고 부족처럼 뭉쳐 지낸다.

장소에 따라서 수는 다르지만, 많은 곳은 수만 명이 모여 살기도 한다.

전에 펠릭스 글라디오도 말했지만, 마족은 약육강식의 이념을 따르는 자가 대부분이다.

많은 촌락이 있었지만, 그건 모두 싸워서 살아남은 촌락들이다. 힘없는 촌락은 다른 곳에 진작 멸망했다.

그런 상황에서 수십 년 전, 대부분의 부락을 나라로 통합한 사람이 세레도니아 하루지온이다.

그리고 수백만 명이 사는 왕도 하루지온 주변에는 호시탐탐 세레도니아 국왕의 목숨을 노리는 촌락이 있다.

하루지온 왕국은 그런 곳이다.

관문을 통과해서 길을 따라 약 다섯 시간을 달리면 왕도에 도착한다.

아직 갈 길은 멀었다.

"촌락이 거의 안 보이네."

크리스토가 마차 안에서 주변을 내다보며 말했다.

나도 마부석에 앉아서 돌아보았으나, 초원이 이어질 뿐 사람이 사는 흔적은 보이지 않았다.

"여기까지 오면 촌락 하나쯤은 있었던 것 같은데."

전에 이 나라에 왔을 때를 기억하나 보다.

"마족 촌락은 자주 이동하니까. 같은 곳에 1년도 안 있어."

"그래?"

"나도 몇 번 마족 부락에 간 적이 있어서 알아."

리베르토 씨가 마차 안에 드러누우며 답했다.

이렇게 흔들리는데 용케 눕는다. 등은 안 아픈가?

"나는 마족 나라는 처음 왔어~."

"그래요?"

"응, 부단장은 밖으로 나가는 임무가 별루 없어. 최근에는 서류 작업만 해서 진저리나."

"완전 공감. 서류 작업은 단장만 하라지."

기사단과 마법 기사단의 부단장들이 푸념을 늘어놓았다.

역시 그런 일은 힘들겠지. 두 사람 다 서류 작업을 좋아할 성격처럼 보이지도 않고.

그 후로도 길을 따라서 달리다가 드디어 한 촌락을 발견했다.

크리스토의 기억에 따르면 이런 곳에 촌락은 없었다고 한다.

왕도까지 가는 길을 완벽히 가로막듯 세워진 촌락이었다.

"그런데 저거……."

아직 그 촌락은 멀어서 선명하게 보이지는 않지만…….

"공격받고 있군."

리베르토 씨가 단언했다.

나도 같은 의견이었다. 상태를 보아 틀림없이 공격받고 있었다.

"정말로? 애초에 여기서 저게 보여?"

"나두 안 보여."

크리스토와 비비아나 씨는 눈을 찌푸려 보지만, 잘 보이지 않는 모양이었다.

"나와 에릭은 근접 전투에 익숙하니까 눈이 좋아. 크리스토도 이 정도는 볼 줄 알아야 할 텐데 말이야."

"야야, 반쯤 자면서 마물 무리를 잡는 너희랑 내가 같냐?"

그건 눈이 좋은 게 아니라 전투 감각이 날카로울 뿐이지.

"그나저나 어쩔래? 촌락이 길을 막고 있고, 하필이면 공격받고 있어. 엎친 데 덮친 격이군."

"리베르토, 저기서 싸움이 났댔지? 그렇다면 이 틈에 우회하면 안 돼?"

"그게 제일 좋겠어. 그리고 크리스토, 저건 싸움이 아니야."

"응? 네가 말했잖아?"

"나는 공격받고 있다고 했어."

그렇다. 저건 싸움이 아니다.

"저건 일방적인 학살에 가까워."

"……?! 그랬군."

나와 리베르토 씨가 보는 광경은 아마 거의 같을 것이다.

완전히 무장한 자들이 아무런 저항도 하지 못하는 사람들을 도륙하고 있었다.

아마 공격받는 쪽이 저 촌락에 사는 사람들이겠지.

당연하지만 마족에서도 약한 사람은 있다.

그런 사람들에게 세레도니아 국왕은 구세주다.

왕도에 살면 국왕이 있으니까 싸움은 일어나지 않는다.

하지만 왕도에 모든 사람이 살 수는 없는 법.

그런 사람들은 왕도 밖에 살 수밖에 없다.

그리고 싸움을 좋아하지 않거나 약자들이 있는 촌락은 표적이 되기 십상이다.

"아직 우리를 발견하지는 못했으니까 우회하려면 지금밖에 없어."

리베르토 씨가 촌락을 보면서 말했지만, 크리스토는 망설였다.

상식적으로 생각하면 여기서는 우회하는 편이 좋다.

우리가 저 싸움에 말려들어도 딱히 얻을 것도 없고 위험하다.

왕자를 호위하는 지금이라면 더더욱 위험한 행동은 피해야 한다.

하지만 그 왕자가 우회할지 말지 고민하고 있었다.

"크리스토, 어떻게 할래? 이번 여행의 주인공은 너야. 우리는 그냥 호위고, 너는 이 나라를 보고 배우려고 왔어."

리베르토 씨가 크리스토에게 엄격한 어조로 말했다.

이번 리더는 부단장인 리베르토 씨와 비비아나 씨가 아니라 크리스토다.

우리는 크리스토의 지시에 따를 뿐이다.

"큭……!"

크리스토는 촌락을 바라봤다. 조금 전까지 크리스토에게는 보이지 않았지만, 지금은 조금 더 다가가서 어느 정도 보이는 것이 있는 듯했다.

촌락에서는 지금도 일방적인 학살이 이루어지고 있었다.

그 상황을 보는 크리스토의 표정은 비통했다.

크리스토는 한 번 고개를 땅으로 떨어뜨렸다가 결심이 선 것처럼 얼굴을 들었다.

"……우회를—."

"구하러 갈까?"

내가 그 말허리를 끊었다.

"뭐, 뭐라고? 아니, 나는 우회……."

"그런 얼굴로 지시해도 못 따르겠는데."

아주 분한, 반드시 후회할 얼굴이다.

크리스토는 아마 우리의 안전을 생각했겠지.

만약 저들을 구하러 갔는데 적이 강하다면. 그렇게 생각해서 저 촌락을 못 본 척하려는 것이다.

크리스토, 너는 심성이 착하다. 전생과 전혀 다르지 않다.

곤란에 빠진 사람을 보면 구하지 않고는 못 배긴다. 남을 위해서 자신을 희생한다.

그래서 나는 너에게 도움을 받았고 나와 너는 친구가 됐다.

"구하고 싶지? 그럼 구하러 가자."

"……!"

그 다정함이 너의 장점이다.

나는 그런 점을 좋아했다.

그러니까 그 다정함을 버리지 않도록 내가 행동하겠다.

"지시해줘, 크리스토 왕자님."

나는 너의 마부석에서 내렸다.

이 거리라면 최고 속도로 뛰어가는 편이 마차보다 빠르다.

"후우, 어쩔 수가 없구만."

리베르토 씨가 한숨을 쉬며 마차에서 내려왔다.

"나와 에릭만 있으면 충분해. 비비아나는 대신 마차를 몰아."

"네~."

"너희……!"

마차에서 일어난 크리스토는 우리 행동을 보고 눈을 크게 떴다.

하지만 그 직후, 픽 웃었다.

"고맙다, 에릭."

"그건 임무를 완수하고 들을 말이지."

"그랬지. 에릭, 리베르토! 저 촌락을 구하고 와!"

크리스토는 좀 전까지 망설였다고는 믿기지 않을 만큼 당당하게 우리에게 지시했다.

"알았어!"

"맡겨만 둬."

내 친구의 다정한 마음을 지키기 위해서 반드시 구해야 한다.

크리스토의 지시에 따라서 평소보다 더욱 분발하여 저 마을을 구하려고 뛰쳐나갔다.

다가갈수록 저 촌락의 참상이 뚜렷하게 눈에 들어왔다.

가장 먼저 전해지는 것은 진한 피 냄새였다.

바람이 강한 탓도 있지만, 아직 멀리 있는데도 피 냄새가 진동했다.

"둘로 나뉘자. 나는 오른쪽, 너는 왼쪽."

"알겠어요!"

리베르토 씨에게 지시를 받아 마을 왼쪽으로 달렸다.

땅에는 이제 움직일 리 없는 사람들이 쓰러져 있었다.

그곳을 지나고 병사에게서 도망치는 한 남자를 발견했다.

남자는 울면서 도망쳤지만, 뒤에서는 더 빠른 속도로 병사가 쫓아왔다.

"안 돼, 이러지마아아!"

"쥐새끼처럼 숨어 있었지만, 이젠 안 놓친다!"

뒤에서 병사가 칼을 들어, 내리친다—.

"으아아악!"

"—『그랜드 랜서(지면창)』!"

두 사람 사이의 땅에서 흙으로 된 창이 솟았다.

그 창은 병사가 내리친 검을 튕겨 내고 남자를 지켰다.

"읏?! 이건 뭐야?!"

나는 달리는 동안 모았던 마력으로 마법을 발동했다.

이 거리에서 병사가 검을 내리치기 전에 구하기는 불가능했으니까.

검이 정체 모를 현상에 막힌 병사는 혼란에 빠졌다.

그런 녀석의 뒤로 돌아가는 것은 식은 죽 먹기다.

"흡!"

"억?!"

검을 칼집에서 뽑지 않고 목덜미를 가격했다.

기습으로 급소를 정통으로 맞은 병사는 저항하지도 못한 채 털썩 쓰러졌다.

죽이지는 않았다.

아직 상황을 모르니까 일단 기절만 시켰다.

그렇지만 지금은 여유가 있어서 기절시켰을 뿐이었다. 나도 목숨이 위험해지면 가차 없이 칼을 뽑을 것이다.

"괜찮아요?"

병사의 칼을 피하려다 땅에 엎어진 남자에게 말을 걸었다.

"고, 고마워! 덕분에 살았어!"

넋이 나가 있던 그는 자신이 살았다고 깨달은 순간 일어나서 내게 감사했다.

"무사해 보이네요. 여기는 위험하니까 도망가세요."

"아, 알았어!"

"제 동료의 마차가 이쪽으로 오고 있어요. 저 방향으로 도망가세요."

"고마워!"

나는 마차가 오는 방향을 손가락으로 가리켜 알려줬다.

남자는 한 번 더 머리 숙여 감사하고는 곧장 내가 말한 방향으로 달려갔다.

내가 누군지도 모르면서 너무 쉽게 믿는다.

어쩌면 나도 적이고 지금 지시도 함정일지 모르는데. 적은 아니지만.

쓸데없이 의심을 사는 것보다는 낫나.

나는 또 촌락 안을 뛰어다녔다.

이 촌락 주민은 역시 마족 중에서도 약한 사람들 같았다. 대부분 아무 저항도 없이 죽어 가고 있었다.

땅에 쓰러진 시체 중에 무장한 사람은 없었다. 전부 일상복을 입고 있었다.

마을을 뛰어다니다가 주민이 단체로 공격받는 곳에 도착했다.

주민이 많고 병사도 많은 곳으로 달려가서 싸웠다.

빠른 속도로 혼란을 주며 적 집단 한가운데로 파고들었다.

"너, 너는 뭐야?!"

"이 자식은 누구야?! 이 촌락에 이런 녀석이 있다는 얘기 없었잖아!"

내 모습을, 동료를 쓰러뜨리는 장면을 본 병사들이 외쳤다.

눈앞에서 죽을 뻔한 사람들은, 모두 구했다.

그게 크리스토의 지시이자 내 신념이다.

이제 구할 수 있는 생명을 두 눈 뜨고 잃고 싶지는 않다.

아까부터 병사들을 쓰러뜨리고는 있지만, 아직 한 명도 죽이지는 않았다.

주로 적의 발을 노렸다. 죽이지 않고, 쓰러뜨린다.

이런 싸움에서는 적을 죽이지 않는 편이 좋다.

왜냐하면…….

"처, 철수! 피해가 더 커지기 전에 철수한다!"

"쓰러진 자를 데리고 도망쳐라!"

동료 의식이 있으면 보통 살아 있는 아군을 두고 싸우지 못한다.

정체 모를 상대에게 아군이 다수 다치면 사령관은 철수 지시를 내리는 것이 정석이다.

전쟁터에서는 열 명의 사망자보다 한 명의 부상자가 위험하다. 죽은 사람은 두고 싸울 수 있지만, 부상자를 두고는 싸울 수 없다.

이번 싸움의 목적은 적 전멸이 아니다.

상대를 여기서 물러나게 하면 우리의 승리다.

"사령관님! 저쪽에도 강한 남자가 있습니다!"

"이쪽에도 부상자가 여러 명 발생했습니다!"

"부상자를 데리고 후퇴해라! 젠장! 이게 무슨 날벼락이야!"

사령관으로 보이는 사람이 욕을 뱉으며 철수 명령을 내렸다.

리베르토 씨도 나와 같은 생각을 했는지, 쓸데없이 죽이기보다 부상자를 내고 있었다.

그렇게 수십 분 후에는 무장한 병사들은 타고 왔을 말을 끌고 도망쳤다.

"휴……."

병사들이 물러나고 얼마간은 방심하지 않으며 촌락을 돌아봤으나, 적이 없는 것을 확인하고 긴장을 풀었다.

"에릭, 수고했어."

"리베르토 씨도 수고하셨어요."

촌락 중앙부에 있으니까 리베르토 씨가 칼을 납도하며 다가왔다.

"딱히 강하지 않아서 망정이지, 더 강했으면 죽여야 했어."

"그러게요. 봐주면서 싸울 수 있는 상대라서 다행이에요."

"그럼 마차로 돌아갈까? 아마 근처까지 왔을 거야."

우리가 온 방향으로 가니 제법 근처까지 마차가 와 있었다.

마차 주변에는 살아남은 주민들이 있었다.

그 수가 100명은 될까? 아직 촌락 안에도 생존자가 있을 것이다.

"고, 고맙습니다!"

"구해주셔서 감사합니다!"

우리를 본 주민들이 다 같이 머리를 숙였다.

100명이 넘는 사람에게 한꺼번에 감사받는 일은 처음이라서 조금 놀랐다. 이렇게 많은 사람이 고개를 숙인 광경도 처음 봤다.

"나는 어떤 사람 지시에 따랐을 뿐이야. 감사 인사는 개한테 해."

리베르토 씨는 이런 상황이 익숙한지, 귀찮은 듯 손을 휘휘 저었다.

"감사합니다! 정말로 감사합니다!"

"아, 알았다니까."

"이 은혜를 어떻게 갚을지!"

"그러니까 내가 아니라……!"

구해준 사람들에게 둘러싸이고 말았다. 아마 리베르토 씨가 방금 대답했으니까 감사하려고 차례대로 모였겠지.

리베르토 씨도 난감하다는 말투지만, 기분이 썩 나쁘지는 않은 표정이었다.

감사가 기분 나쁘게 들릴 리 없다. 진심에서 우러나오는 말이라면 더더욱.

“에릭!”

리베르토 씨 옆에서 멀어져서 멀리서 지켜보는데 크리스토가 다가왔다.

“다친 데는 없어?”

“그래, 전혀.”

내 몸을 보고 부상이 없다고 확인한 크리스토는 안도의 한숨을 쉬었다.

“다행이다. 괜히 걱정했네.”

“괜히는 무슨 괜히야?”

짓궂은 말을 하지만, 쑥스러워서 그러는 것이 뻔히 보였다.

“그보다 크리스토, 네 명령을 수행하고 무사히 돌아온 나한테 무슨 할 말 없어?”

삐뚤게 웃으면서 묻자 크리스토도 똑같이 씩 웃었다.

“그렇지. ―잘했어, 에릭.”

“고마워.”

우리는 손을 들어서 세게 마주쳤다.

주민들은 우리에게 감사를 전하고 촌락으로 갔다.

촌락에는 파괴된 집의 잔해와 죽은 사람들이 땅에 널브러져 있었다.

그것을 정리하고 시신을 수습하러 간 모양이었다.

“크리스토, 우리는 어떻게 할래?”

주민들의 포위망에서 겨우 풀려난 리베르토 씨가 지친 기색으로 크리스토에게 물었다.

“일단 우리도 도울까? 구해주기만 하고『안녕히 계세요』하고 떠나기도 그렇잖아.”

“그것도 그런가?”

“그리고 하루지온 왕국이 지금 어떤 상황인지 들을 수 있을지도 몰라.”

그리고 크리스토가 말한 대로 우리는 촌락 사람들을 도왔다.

주민들은 너나 할 것 없이 연신 감사하다며 머리를 숙이고 복구 작업에 힘썼다.

우리가 도와서 작업 효율은 현격히 올랐다.

특히 비비아나 씨의 마법이 대단했다.

불타고 무너진 집을 바람 마법과 땅 마법으로 단번에 치우거나 정리해 보였다.

가끔 잔해에 깔린 사람이 있었는데, 그들도 비비아나 씨의 마법으로 바로 구조할 수 있었다.

게다가 가벼운 상처라면 즉석에서 고쳐 냈다.

"비비아나 님! 고맙습니다!"

"괜찮아~ 다 나았으니까 가서 사람들을 도와줘."

"네!"

다친 발을 치료받은 청년이 기쁘게 대답하고 머리 숙인 뒤 정리를 도우러 갔다.

"아아, 비비아나 님은 천사야……."

"마족 나라에도 천사가 내려오나……."

치료받은 남자와 한없이 해맑은 웃음에 녹아내린 남자가 비비아나 씨를 보며 그런 소리를 하고 있었다.

전에 티나에게 비비아나 씨는 마법 기사단 남자들에게 인기가 많다고 들었는데 이제 이해했다.

저 사람이 나사가 빠졌다는 것을 몰랐다면 귀엽다고 생각했을지도 모르겠다.

"응? 에릭, 뭐라고 했어?"

"아뇨, 아무 말도."

전에도 이런 대화를 나눈 기분이 든다. 나는 기시감을 느끼며 촌락 정리를 도왔다.

몇 시간이 지나서 정리가 마무리되어 우리가 할 일은 없어졌다.

이제는…… 떠나간 이들을 애도할 뿐이었다.

그건 우리가 낄 자리가 아니리라.

죽은 사람들에 관해 아무것도 모르는 우리가 참가해도 할 수 있는 일이 없다.

촌락 외곽, 죽은 사람들을 가족별로 묻은 곳에서 주민들이 장례를 치르는 모습을 먼발치에서 지켜봤다.

누군가가 흐느껴 우는 소리가 들렸다.

가족을 찾으며 통곡하는 소리가 들렸다.

미안하다며 애원하는 소리가 들렸다.

—그 모습이 전생의 나와 겹쳐 보여서 참다못해 눈을 돌리고 말았다.

우리가 더 일찍 왔더라면, 이라고 말할 생각은 없다.

내 보잘것없는 힘으로 세상 모든 사람을 구할 수는 없다는 사실을 안다.

그렇기에 나는 적어도 손이 닿는 범위에서 모든 것을 구하려고 강해지려는 것이다.

"해도 많이 기울었군."

노을로 붉게 물든 초원을 보며 리베르토 씨가 말했다.

"여기서 묵을 수 있을까?"

"부탁하면 아마 들어주지 않을까~? 집을 못 빌려두 야영하면 되지만."

일단 여기서 묵고 가기로 결정된 듯했다.

장례를 끝낸 주민들에게 의사를 전하자 그들은 은혜를 조금이라도 갚고 싶다며 이곳에서 가장 큰 집을 빌려줬다.

"고맙습니다. 우리는 여행을 하는 중이고 방금 이곳 하루지온 왕국에 들어온 참입니다. 지금 정세가 조금 혼란한 모양인데, 이유를 알 수 있을까요?"

크리스토가 이곳의 촌장으로 보이는 사람과 이야기했다.

왜 정세가 어지러운지는 알 테지만, 이곳 주민에게 직접 이야기를 듣고 싶겠지.

"말씀드리지요. 지금 하루지온 왕국은……."

촌장은 그렇게 운을 뗐다.

처음에는 우리도 아는 정보였다. 이 나라의 왕이 바뀌려고 했는데, 차기 국왕이 죽어서 왕위 계승이 무산됐다.

그리고 차기 국왕의 부하였던 호전적인 자들이 지금 여러 촌락을 습격하고 다닌다.

"지금까지는 이런 일이 자주 있지는 않았지만, 세레도니아 폐하는 이미 한 번 패배한 바 있습니다. 그래서 국왕의 자격이 의심된다며 각지에서 반란이 일어나고 있죠."

펠릭스에게 졌는데 그가 없어졌다고 다시 국왕이 되는 것은 말이 안 된다는 뜻인가.

국왕 자리에서 내려오기 직전에 펠릭스가 죽었지만, 역시 한 번 졌다는 사실은 사라지지 않았다.

지금까지 한 번도 패배한 적이 없다는 이유로 나라가 굉장히 안정되어 있었다.

펠릭스의 부하가 각지에서 일으키는 반란을 진압하기 위해 세레도니아 국왕은 군사를 일으켰지만, 반란자의 수가 많아서 이곳까지는 부대를 파견되지 못했다.

보통 마족의 나라는 불만이 있으면 국왕에게 결투를 신청하지만, 세레도니아 국왕은 펠릭스에게 졌어도 그전까지 무패를 자랑하던 강자였다.

그래서 국왕에게 도전하지 않고 주변 촌락을 습격해 국왕의 힘을 꺾으려는 의도였다.

"지금까지 차기 국왕이 즉위하기 전에 죽는 사례가 없어서 이 나라도 평소와 다른 일이 벌어지는 거죠."

국왕에게 불만이 있어도 이길 수 없다. 그래서 국왕이 지키려는 약자들을 공격한다는 건가.

"열불이 나서 못 듣겠어."

리베르토 씨가 내씹듯이 그렇게 말했다.

나도 동감이었다. 역겨운 것들.

이 사실을 알았으면 방금 습격하던 녀석들을 모조리 죽였을 것이다.

"전부 펠릭스 때문이에요. 그 멍청이가…… 대체 무슨 짓을 저지른 건지."

"응? 차기 국왕이 될 자를 알고 있었나요?"

촌장이 펠릭스를 마치 아는 사이처럼 말하는 소리를 듣고 크리스토가 물었다.

"네, 알죠. 왜냐면—."

촌장이 이유를 말하려던 그때, 한 남자가 달려와서 외쳤다.
“촌장님! 촌장님, 그 녀석이 돌아왔어요!”
“……! 그래, 지금 가지! 죄송합니다, 잠시 자리를 비우겠습니다!”
촌장도 그 말을 듣고 그가 온 방향으로 달려갔다.
그 녀석이 누구일까? 이 촌락에 지금까지 없었던 사람이 돌아왔나?
우리는 촌장이 돌아올 때까지 이곳에서 기다리려고 했지만, 아무래도 저쪽에서 말다툼이 벌어지는 듯했다.
무슨 일인가 싶어서 일단 촌장이 떠난 방향으로 갔다.
그곳에는 주민들이 모여서 한 여자아이를 에워싸는 중이었다.
지금까지 주민들과 함께 작업하며 이곳 주민들의 얼굴은 대강 익혔다. 아마 저 낯선 여자애가 돌아온 사람이겠지.
“지금까지 어디에 있었어! 네가 없어져서 마을이 공격당했다고!”
“나한테 따지지 마. 마족이라면 대항해서 싸우면 되잖아? 마족은 약육강식이야. 약하면 죽어야지.”
“뭐가 어쩌고 어째?!”
남자가 여자애를 비난했지만, 그녀는 눈도 깜짝하지 않고 흘려버렸다.
“내가 어딜 가든 내 마음이야. 이 촌락을 지키는 건 어디까지나 그 사람 고향이니까. 그 이상도 그 이하도 아니야.”
“장난쳐?! 네가 없어진 탓에 몇백 명이나 죽었다고!”
“그러니까 그걸 왜 나한테 말해?”
“이 자식이……!”

“정 그러면— 너희 전부 저세상으로 보내줄까? 그러면 죽은 녀석들이랑 만날 수 있겠네.”

그렇게 말을 꺼낸 순간, 그 여자애를 중심으로 바람이 불었다.

지금 한 말…… 진심이다.

계속해서 불쾌한 소리를 하면 죽이겠다고, 진심으로 말하고 있다.

살기를 받은 주민들은 식은땀을 흘리며 굳어 버렸다.

“에릭.”

“네, 알아요.”

저 여자애는 위험하다.

나와 리베르토 씨는 크리스토를 지키려고 그 앞에 섰다.

“저 사람들이 촌락을 지켰어?”

여자애는 주위로 묻지만, 돌처럼 굳은 주민들은 입도 떼지 못했다.

그 모습을 보고 한숨을 쉬어 낙담한 흉내를 내더니 우리에게 걸어왔다.

우리는 긴장하며 그 여자애에게서 눈을 떼지 않았지만, 그녀는 특별히 적개심도 없이 다가와서는 우리 앞에 멈췄다.

그리고 처음 꺼낸 말에 나는 충격을 받았다.

“나는— 니나 글라디오야. 너희는?”

허리까지 닿는 긴 흑발이 바람에 날려 아름답게 물결쳤다.

눈이 크지만 치켜 올라가서 눈매는 날카로웠다. 미인이라고는 생각하나, 그저 눈만 마주쳐도 노려보는 느낌을 받았다.

키는 여성치고는 크며, 나보다 약간 작은 정도였다.

아니, 지금은 이 아이의 용모를 살필 때가 아니다.

이름이, 니나…… 글라디오?

『글라디오』라는 이름, 굉장히 익숙하다.

전생에서 우리 마을, 가족, 티나, 그리고 사랑하는 이레네를 앗아간 남자. 그리고 현생에서는 내가 죽인 남자.

—펠릭스 글라디오.

그와 같은 성이라면, 설마 이 아이는……!

"처음 뵙겠습니다, 니나 글라디오 씨. 저는 크리스토예요. 우리는 여행 중이고 오늘 이 나라에 입국했습니다. 그리고 길을 따라서 오는데 이 촌락이 공격받는 광경이 보여서 도왔죠."

크리스토가 그 아이에게 설명했다.

일단 왕자라는 신분을 숨기려고 성은 말하지 않은 모양이었다.

"흠, 그래……. 너, 거짓말 잘하네?"

"……! ……무슨 말이죠?"

니나는 씩 웃으면서 크리스토를 노려봤다.

크리스토의 몸이 살짝 반응했지만, 사교계에서 익힌 가짜웃음을 지으며 시치미 뗐다.

"됐어, 해를 끼칠 생각은 없어 보이고 촌락을 구해준 것도 사실 같으니까, 일단 감사 인사는 할게. 고마워."

"아뇨, 우리도 정보를 원해서 한 일인걸요."

"그럼 저 잔챙이들한테 뭔가 정보를 얻었어?"

"네. 좋은 정보를 얻었어요."

"그럼 다행이고. 구해준 보람은 있었네."

니나는 무감정하게 말하고는 우리에게서 떨어져 주민들에게 다가갔다.

"보호 마법을 걸 테니까 다들 비켜."

주민들은 고분고분 물러나며 니나에게 길을 터줬다.

분한 감정이 역력하지만, 아무 말도 하지 못했다.

"여기인가?"

니나는 그렇게 중얼거리더니 오른손 손바닥을 하늘로 들었다.

"나를 지켜라—『파톤 배리어(수호 결계)』."

마법을 외자 손바닥에서 빛의 화살이 하늘로 날아가서 폭발하듯 원형으로 퍼졌다.

원형으로 펼쳐진 빛은 얇은 장막이 되어 촌락 전체를 감쌌다.

그것을 확인한 니나는 팔을 내렸다.

"자, 끝났어. 이제 내가 이 원 안에 있는 한 촌락은 안전해."

주민들은 지금 마법을 보고 안도했지만, 나는 잘 모르겠다.

이 얇은 빛의 장막 하나로 안전이 보장된다는 말인가?

"비비아나, 저 마법은 뭐야?"

리베르토 씨도 이해하지 못했는지, 이 중에서 가장 마법을 잘 아는 비비아나 씨에게 물었다.

"으음, 『파톤 배리어(수호 결계)』라면 상위 수호 마법일 텐데……."

비비아나 씨가 의아한 얼굴로 고개를 갸웃거렸다.

"수호 마법은 다루기 어려워서 평범한 마법사는 하급 마법두 못써. 나두 귀찮아서 안 배웠고. 그래서 촌락을 감쌀 정도의 수호 마법을 쓴다면…… 엄청 강해, 저 애."

내가 아는 범위에서 가장 강한 마법사는 비비아나 씨다.

그 비비아나 씨가 강하다고 말하는 실력인가.

"너희도 오늘은 여기서 자고 갈 거지? 이 장막 안에 있으면 안전하니까 걱정하지 말고 자."

"감사합니다, 니나 씨."

"아, 그러고 보니 너희 여행하는 중이랬지?"

"네."

"그럼 펠릭스 글라디오라는 사람 알아?"

심장을 옥죄는 기분이 들었다.

역시 이 아이, 니나는 펠릭스를 안다.

"야, 니나! 펠릭스는 죽었다고 하잖아!"

지금까지 이야기를 듣고만 있던 주민 한 명이 끼어들어 소리쳤다.

"설마 또 펠릭스를 찾으러 갔어?! 죽은 사람을 찾으러 가느라 우리 촌락을 내팽개치고……!"

"닥쳐, 잔챙이. 우리 오빠가 쉽게 죽을 줄 알아? 소문만 믿는 머저리가 우리 오빠를 모욕하지 마."

"크……!"

니나는 살인도 마다하지 않을 눈초리로 노려봤다. 그 눈빛에 밀려 남자가 뒷걸음쳤다.

"그래서, 너희는 알아?"

니나는 한 번 더 물었다.

크리스토는 나를 힐끔 봤다.

뒤에 있어서 보이지 않지만 아마 리베르토 씨와 비비아나 씨도 나를 보고 있겠지.

펠릭스 글라디오의 죽음은 베고니아 왕국에서 극비 정보지만, 기사단과 마법 기사단 부단장, 그리고 왕자는 그 정보를 알고 있다.

세 명 모두 내가 펠릭스를 죽였다고 알고 있으리라.

"응? 네가 알아? 펠릭스 오빠가 어디 있는지."

세 사람이 나를 본 탓에 니나가 나를 지목해 다시 질문했다.

솔직하게 말해야 할까. 세 사람은 내게 이야기할 권리를 맡겼다.

떠넘겼다고 볼 수도 있겠지만, 이번에는 맡겨준 것에 감사하자.

내가 할 말은 정해져 있다.

니나는 펠릭스의 행방을 알 수 있을지도 모른다는 희미한 기대가 담긴 눈으로 나를 바라봤다.

나는 그 눈을 똑바로 보며, 대답했다.

"펠릭스 글라디오는, 내가 죽였어."

내 말에 니나의 눈매가 날카로워졌다.

"……무슨 말이야? 네가, 오빠를 죽였다고?"

"맞아."

"어디서, 어떻게 죽였는데?"

그저 냉정하고 담담하게 물었다.

예상외의 반응이라 맥이 빠졌지만, 구체적으로 설명했다.

"우리 마을을 공격하러 온 펠릭스와 싸웠고, 그리고 죽였어."

"……네가 그 마을, 오빠가 습격하러 간 마을에 살았다는 말이지?"

펠릭스의 동향을 알고 있었는지 이해가 빨랐다.

"그런 외딴 마을에 오빠를 이길 사람이 있을 줄은 몰랐는데. 오빠는 강했어?"

"그래, 강했어. 지금까지 살면서 그렇게 강한 사람과 싸운 건 처음이야. 순수하게 일대일로 싸웠으면 졌을지도 모르지."

전생의 경험을 합해도 펠릭스가 가장 강했다. 그렇게 힘든 상대는 처음이었다.

티나가 없었으면 죽은 사람은 나였을지도 모른다.

"그래……."

니나는 그렇게만 말하고 뭔가 생각에 빠진 듯 땅을 보고 움직이지 않았다.

그렇게 펠릭스를 찾는 사람이라면 무슨 소리를 하거나 공격할지도 모른다고 생각해 긴장했으나, 특별한 행동을 보이지 않아서 오히려 놀랐다.

"실례지만, 방금 펠릭스를 죽였다고 했습니까……?"

갑자기 누군가 옆에서 말을 걸어서 돌아보니 촌장과 다른 주민들이 있었다. 말을 건 사람은 촌장이었다.

그러고 보니 방금 펠릭스를 아는 것처럼 말했지.

게다가 니나가 『그 사람의 고향』이라고 말했다.

그렇다면 이 촌락은 펠릭스의 고향이라는 뜻인가.

"네. 제가 죽였습니다."

이번에야말로 원성을 살 줄 알았으나…….

"당신이 펠릭스를 죽여주셨나요! 감사합니다!"

"네……?"

촌장은 내 손을 잡고 웃으면서 감사했다.

죽은 펠릭스의 동생이라는 니나가 보는 앞이라 당혹스러움이 더했다.

뒤에 있는 주민들도 저마다 고맙다고 말했다.

"이, 이게 무슨 일이죠?"

"그 멍청이가 멋대로 세레도니아 폐하를 이기고 차기 국왕으로 확정되었죠. 그 녀석이 국왕이 됐으면 군사 국가가 됐을 겁니다. 우리는 그걸 막고 싶었지만, 힘이 약해 어쩔 도리가 없었습니다."

그 녀석은 왕이 되면 마족다운 나라, 호전적인 나라를 만들고자 했다. 그것은 전생을 기억하는 내가 가장 잘 안다.

그래도 역시 이 사람들처럼 지금의 나라를 좋아하는 사람에게는 끔찍한 이야기다.

"그러니까 그 녀석을 막아줘서, 죽여줘서 고맙습니다!"

"아, 아뇨……."

솔직히 이런 반응은 예상하지 못해서 뭐라고 대답해야 할지 모르겠다.

그러고 보니 그 녀석은 동료와 연이 없었다고 말했다.

그 녀석을 불쌍하다고 생각하지는 않는다. 전생에서 가족과 티나, 그리고 이레네까지 죽인 그 녀석을.

하지만 그 녀석은 왜 고향에서 이렇게 반대하는데도 왕이 되려고 했을까.

그 이유를 조금 알고 싶어졌다.

잠시 후, 촌장이 우리가 오늘 묵을 집을 안내해줬다.

우리 네 사람이 널찍하게 써도 남을 정도로 큰 집이었다.

"시간이 늦었군요. 저녁 식사도 저희가 준비할 테니 편히 쉬다 가십시오."

"고맙습니다."

"저희가 더 고맙죠. 마을을 구해줬을 뿐 아니라 펠릭스까지 죽여주셨는걸요. 나라를 구했다고 해도 과언이 아닙니다. 이렇게밖에 은혜를 갚을 수 없어서 죄송하지만, 할 수 있는 일은 모두 하겠습니다."

촌장은 고개를 깊이 숙이고 집에서 나갔다.

한순간 집안에 침묵이 깔렸으나, 크리스토가 적막을 깼다.

"오늘은 여기서 하룻밤을 보내고, 내일은 어떻게 할래?"

"그냥 바로 왕도로 가면 되잖아? 왕도에서 2, 3일 정도 머물면서 나라의 상황을 보고 돌아가자."

리베르토 씨가 침대에 벌러덩 누워서 하품 섞어 대답했다.

오늘 나와 리베르토 씨는 그다지 위험하지는 않았어도 목숨을 걸고 싸웠다. 하품이 나올 만도 했다.

나도 침대에 누우면 몇 분 안에 잠들 것 같았다.

“그나저나 니나라는 아이가 있어서 깜짝 놀랐어~.”

“그러게요. 펠릭스 글라디오한테 동생이 있는 줄은 몰랐어요.”

“마법도 어려운 걸 쓰더라구.”

니나는 내 이야기를 듣고 생각에 빠졌는데, 주민들과 이야기하고 난 뒤에는 어디론가 사라져 있었다.

아마 자기 집으로 갔을 거라고 주민들이 말했다.

“화내면서 덤벼들 줄 알고 긴장했는데 의외로 괜찮았어.”

“나두. 에릭을 공격할 줄 알았어.”

두 사람 다 나처럼 싸움에 대비했었나.

내가 솔직하게 말한 뒤에 무슨 생각을 했는지는 모르겠지만, 일단은 별일 없이 넘어갔다.

그 후로도 우리가 대화하는데 촌장과 다른 사람들이 식사를 가지고 왔다.

식사는 제법 호화로웠다. 습격을 받고 물자와 식량이 부족하지 않을까 걱정했는데 딱히 그렇지는 않았나 보다.

“니나의 마법 덕분에 우리 촌락은 지금까지 거의 공격받지 않았어요. 그래서 비축한 물자는 많으니까 걱정하지 않으셔도 됩니다.”

촌장은 웃으면서 설명하고 요리를 차려줬다.

우리나라와 맛이 크게 다르지 않아서 평범하게 맛있었다.

배가 부르니 저절로 잠이 쏟아졌다.

"후아~ 졸려. 이제 잘까?"

리베르토 씨는 저녁을 먹고 곧바로 침대에 누워 잠들었다.

나와 크리스토는 집밖으로 나가서 젖은 수건으로 가볍게 몸을 씻었다.

비비아나 씨는 여성이라서 집안에서 몸을 닦았다.

바로 옆에서 리베르토 씨가 자는데 괜찮으냐고 물었더니 『자니까 괜찮아~』라는 태평한 대답이 돌아왔다.

그렇게 우리도 침대에 누워 잠이 들었다.

—.

……응?

어떤 기척과 이상한 감촉을 느끼고 잠에서 깼다.

내 위에 뭔가, 있어……?

눈꺼풀을 살짝 들자— 날카롭게 빛나는 나이프가 보였다.

"—?!"

그 광경을 본 순간 순식간에 머리가 각성하고 눈이 뜨였다.

내 배 위에 올라탄 인물.

어둠 속에서 미약한 달빛을 받아 빛나는 나이프.

그것을 양손으로 잡고 치켜들어 당장에라도 내려찍으려는— 니나였다.

내가 깬 것을 알아챘는지, 니나는 바로 나이프를 내 목으로 내려

찍었다.

"―큿!"

반사적으로 팔을 교차해 앞으로 내밀었다.

내려온 나이프는― 내 목에 닿을락 말락 한 지점에서 멈췄다.

교차한 팔이 니나의 손목에 닿아 막아낸 것이었다.

한순간 나와 니나의 팔이 맞닿은 채로 고착 상태에 빠졌다.

하지만 힘은 내가 더 강해서 곧 니나의 손이 밀려났다.

"윽……!"

동시에 상체도 일으켜 배 위에 탔던 니나의 자세를 무너뜨렸다.

나는 그 기회에 자유로워진 팔로 니나의 손목을 붙잡았다.

거기서부터 니나의 나이프를 빼앗는 것은 수월했다.

"으앗!"

내가 억지로 나이프를 빼앗아 니나가 벌러덩 넘어지며 침대에서 떨어졌다.

바로 일어나려고 하지만, 뒤에서 불쑥 들어온 칼이 목에 닿자 행동을 멈췄다.

"움직이지 마. 움직이면 목이 날아간다."

니나의 뒤에는 리베르토 씨가 있었다.

니나의 살기를 느끼고 깼나 보다.

"에릭, 괜찮아?"

"네, 안 다쳤어요."

나는 나이프를 한 손에 들고 대답했다.

칼날이 조금만 더 길었으면 찔렸을지도 모른다. 위험했다.

"무슨 짓이냐, 고는 안 물어도 되겠군. 보나 마나 펠릭스의 복수겠지."

리베르토 씨는 칼을 니나의 목에 댄 채로 얘기했다.

니나의 얼굴은 특별히 초조한 기색도 없이 무표정했다.

아니, 이미 체념한 표정인지도 모른다.

공허한 눈이 내 얼굴을 보고 있었다.

"……오빠는 강했어. 그런 오빠를 죽인 녀석을 죽이려면 야습할 수밖에 없었어."

"그러냐? 그런데 그것마저 실패했군."

"내가 약했어. 더는 할 말도 없으니까 죽여."

눈을 감고 목에 칼이 들어오기를 기다리는 자세를 잡았다.

"오냐, 잘 가라."

리베르토 씨는 목에 댄 칼을 들어 올렸다.

"잠깐만요, 리베르토 씨."

나는 목을 치려는 리베르토 씨를 제지했다.

칼을 든 상태로 멈춘 리베르토 씨가 나를 보고는 칼을 칼집에 집어넣었다.

"그러면 너 알아서 해라. 이 녀석도 이미 암살은 포기한 것 같으니까. 나는 잠이나 자련다."

"감사합니다."

리베르토 씨는 하품을 하면서 나이프를 침대 옆에 두고 다시 잠들었다.

귀찮다는 이유도 있겠지만, 나에게 전부 맡겨준 리베르토 씨에게 감사하자.

“니나, 저항하지 말고 따라와 줄래?”

내가 묻자 니나는 고개를 살짝 끄덕했다.

여기서 이야기를 계속하면 틀림없이 일행의 잠을 방해할 테니까 밖으로 나왔다.

니나는 딱히 저항을 하지 않고 나를 따라 나왔다.

집 뒤편에서 니나와 이야기를 나눴다.

오늘은 달이 무척 밝아 니나의 얼굴이 잘 보였다.

“그러고 보니까 이름을 말 안 했지? 에릭 아울린이야.”

내 자기소개에 아무런 반응도 보이지 않았다.

“너는 검이나 나이프는 잘 못 다루지? 왜 아까는 나이프로 기습했어?”

공격이 막히고 나서 너무 쉽게 나이프를 빼앗겼다.

익숙한 사람이었다면 더 애를 먹었을 텐데 니나는 그렇지 못했다.

“나는 나이프보다 살상 능력이 높은 마법을 못 써.”

“응? 수호 마법은 어려운 마법이지 않아? 그렇다면…….”

어려운 마법은 마력 제어가 가장 중요하지만, 역시 마력량이 뒷받침되어야만 한다.

심지어 이 촌락을 통째로 감싸는 마법을 쓰려면 어마어마한 마력이 필요할 것이다.

그런 마력이 있다면 사람을 죽이는 마법 정도는 쉽게 쓸 수 있지 않나.

"나, 수호 마법 말고는 생활 마법 정도밖에 못 써."

"그래?"

"바람 마법도 조금 쓸 줄 알지만, 바람을 일으키는 게 전부야. 바람 칼날 같은 기술은 못 써."

왠지 굉장히 편향됐다.

방어 마법은 최고 수준이면서 공격 마법은 전혀 못 쓰다니.

"그래도 역시 안 되네. 익숙하지 않은 물건으로 사람을 죽이는 건. 이런 비겁한 수단까지 썼는데도 말이지."

니나는 자조하듯 웃었다.

"오빠도 비겁한 짓을 자주 했으니까 흉내 내본 거야."

"그러고 보니 그 녀석, 내가 힘이 빠질 때까지 모습을 드러내지 않았지. 심지어 그때 기습했어."

정작 그 기습은 내가 아니라 아버지만 당했지만.

"그랬어? ……그런데 나랑 무슨 이야기를 하려고? 나는 너를 죽이려고 하다가 실패했는데, 안 죽일 거야?"

"그건 이야기를 나누고 결정할 거야. 아직은 죽일 생각 없어."

"흠…… 그래서 하고 싶은 얘기가 뭐야?"

"펠릭스 글라디오에 대해, 알려줘."

내 말에 니나의 눈이 살짝 커졌다.

"왜? 너는 죽인 사람이 누구였는지 궁금해?"

"보통은 신경 안 쓰지만, 그 녀석은 조금 특별해."

전생에서 내 인생의 거의 모든 것을 빼앗은 남자.

그 녀석은 무슨 생각으로 왕이 되려 했는가.

고향인 이 촌락 사람들은 왕이 되려던 펠릭스를 그토록 막고 싶어 했다.

그 녀석을 죽인 것에 후회 따위 눈곱만큼도 하지 않고, 앞으로 할 생각도 없다.

하지만 나고 자란 이 촌락 사람들의 반대마저 뿌리치고 왕이 되려던 이유를 조금은 알고 싶어졌다.

"너도 그 녀석 동생이라면 여기서 자랐겠지? 그 녀석이 왜 왕이 되려고 했는지 알려줘."

내가 그렇게 묻자 니나는 내 얼굴에서 눈을 떼고 먼 곳을 바라봤다.

무언가를 떠올리는 눈이었다.

"……나는 이 마을에서 자라지 않았어."

"응? 그래? 하지만 사람들이 너를 그 녀석, 펠릭스의 동생이라고……."

"오빠랑은 피가 섞이지는 않았어. 단지 내가 펠릭스를 오빠라고, 오빠가 나를 동생이라고 생각할 뿐이야."

그랬나. 분위기는 조금 비슷하지만, 얼굴이 전혀 닮지 않은 것도 그런 이유인가.

니나는 계속해서 말을 이었다.

"내가 오빠랑 만난 건 10년 전이야. 내가 열 살일 때, 왕도 지하 거리에 쓰러져있던 날 구해줬어."

◇ ◇ ◇

나는 내 부모가 누군지 모른다.

내가 사리 분별을 하게 됐을 때는 이미 지하 거리에서 쓰레기를 뒤지고 있었다.

왕도는 표면은 아름다운 도시지만, 다른 이면은 할렘가로 의심될 정도로 더러웠다.

어느 나라와 도시에도 아름다운 앞면과 지저분한 뒷면이 있기 마련이다.

나는 그 이면을 보고 자랐다.

그러니까 나는 왕도가, 이 나라가 싫었다.

지하 거리에는 다양한 사람이 있었다.

도시의 앞면에서 어떻게 실패했는지는 몰라도, 화려했던 앞면에서 굴러떨어져 내려온 사람.

다쳐서 일할 수 없게 되어 온 사람.

나처럼 부모에게 버림받았는지 언젠가부터 지하 거리에 있던 사람.

다들 하나같이 눈에 생기가 없었다.

지하 거리로 오기 전에는 있었을지도 모른다. 하지만 지하 거리에서는 빛을 볼 수 없었다.

그곳에는 아무것도 없어서 하루하루를 살아가기 바빴다.

나는 그곳에서도 그나마 나은 편이었다.

처음부터 지하 거리에서 태어나 자란, 나와 같은 처지의 친구가 몇 명 있었다.

그 아이들과 힘을 합쳐 살아갈 수 있었으니까.

하지만 그런 생활도 오래가지 않았다.

친구들은 점점 죽거나 사라졌다.

죽는 이유는 다양했다.

먹을 것을 가지고 있다가 다른 사람에게 빼앗기고 죽었다.

웃고 있던 것에 짜증이 난 사람이 화풀이로 죽였다.

나와 친구들은 모두 무력한 아이였다.

지하 거리에서 배를 곯아 힘도 제대로 쓰지 못해 어른에게 맞아 죽는, 그런 무력한 아이였다.

사라진 아이들은 죽음보다 더 안 좋은 이유였을 것이다.

지하 거리에서 외모가 괜찮은 아이는 납치되어 노예로 팔린다.

사라진 아이들은 대부분 납치범에게 잡혀갔으리라.

죽지 않았을지언정 노예는 죽는 게 나은 생활을 한다고 들었다.

나도 납치범의 표적이 됐지만, 목숨만 겨우 부지해 도망쳐 나왔다.

그래도 도망친 뒤에는 체력도 남지 않아 지하 거리에 쓰러졌다.

지하 거리에 있는 사람은 쓰러진 사람을 구하지 않는다.

남을 신경 쓸 여유 따위 없으니까.

나도 쓰러진 사람을 구하지 않고 내 생각만 했기 때문에 살아남을 수 있었다.

그래서 쓰러졌을 때는 죽음을 각오했다.

"꼬맹아, 살아 있냐? 살아 있으면 고개 들어 봐."

위에서 목소리가 들렸다. 나에게 하는 소리라는 걸 알았을 때, 깜짝 놀라서 바로 고개를 들었다.

설마 누군가 말을 걸 줄은 생각지도 못했다.

얼굴을 들자 눈매가 사납고 인상이 험악한 남자가 있었다.

납치범이 또 나를 잡으러 왔나.

그렇게 생각했지만, 그 사람은 전혀 다른 행동을 했다.

"꼬맹이가 세상 다 산 얼굴을 하고 앉았어. 살고 싶으면 이거나 먹어."

그 사람은 내게 빵을 내밀었다.

아무런 보답도 할 수 없는 나 같은 사람에게 그것을 베푸는 까닭을 모르겠다.

그래도 배가 고파서 죽을 것 같았던 나는 아무 생각도 하지 않고 그것을 받아 허겁지겁 먹어 치웠다.

"하, 꼬맹이라면 그 정도 기운은 있어야지."

그 남자— 펠릭스 오빠는 그러면서 나쁜 사람처럼 웃었다.

나는 기운을 차린 후에 펠릭스 오빠를 따라가기로 했다.

지하 거리에 더는 친구가 없어 남아 있을 이유도 없었다.

오빠는 그때 처음 왕도에 왔고, 온 김에 지하 거리를 보고 싶어서 들렀다가 나를 발견해서 도와줬다.

나는 오빠와 함께 왕도를 비롯해 다양한 촌락과 마을을 방문했다.

오빠는 지금 나라를 무너뜨리고 자기가 왕이 되기로 결심하고 있었다.

"지금 국왕은 겉만 번지르르하게 꾸미고 뒤쪽은 못 본 척하기 바빠. 그렇다면 내가 이 나라를 지배해서 앞이고 뒤고 다 없애주겠어."

그 생각은 마족의 나라답게 약육강식의 나라를 만들겠다는 것.

강하고 능력 있는 자가 위에서 나라를 이끈다.

"약한 것들은 약한 상태로 머무르니까 안 되는 거야. 나는 약한 녀석은 싫어하지만, 강해지려는 녀석은 싫어하지 않아."

오빠는 오빠 나름대로 약자를 생각하고 있었다.

왕이 되면 약자와 싸우기 싫어하는 자들을 생산자, 노동자로 만든다.

약자 중에서도 병사가 되고 싶은 마음이 있는 사람을 위해서 학교를 세우겠다고도 말했다.

"지금 이 나라는 전쟁을 안 하니까, 평화로우니까 나라 안에서 다툼이 벌어지는 거야. 다른 나라와 싸우면 그런 일은 일어나지 않지. 내가 그렇게 안 둬."

나는 잘 이해하지 못했지만, 오빠는 왕이 되려고 노력했다.

오빠는 한 번, 국왕에게 도전했다가 졌다.

그래도 포기하지 않고 강해지기 위해 부단히 노력한 결과, 국왕을 상대로 압도적인 승리를 거두기에 이르렀다.

국왕에게 이겼을 때, 오빠는 기분이 안 좋아 보였다.

"그 자식, 내가 전에 졌을 때보다 약해졌어! 약한 것들하고만 싸우니까 그 모양이지! 젠장! 내가 뭐 때문에 강해지려고 노력했는데!"

국왕과 싸운 장소, 왕성의 벽을 때려 부수며 그렇게 소리쳤다.

그리고 결투에 이긴 뒤, 오빠는 왕이 되기 위해 바로 행동에 나섰다.

오빠에게 진 국왕과 우호 관계인 이웃 나라, 인간 족이 사는 베고니아 왕국을 함락한다.

그러려면 어딘가 마을을 점령해야 한다며 오빠는 홀로 그 마을로 떠났다.

오빠의 고향, 이 촌락에서 그 인간 족 마을로 향한 것이다.

"니나, 다녀올게. 얼마 안 걸릴 테니까 여기서 기다려."

"나는 안 가도 돼?"

"필요 없어. 그런 낙후된 마을 없애는 것쯤이야 식은 죽 먹기지."

"알았어. 잘 다녀와, 오빠."

그러면서 손을 흔들자 오빠는 처음 만났을 때처럼 악당 같은 얼굴로 웃어 보였다.

"그래, 이제 이 나라는 바뀌어. 내가 이 나라를 지배할 테니까."

그리고 오빠는 촌락 주민들이 뭐라고 떠들건 무시하고 떠났다.

그 모습이 내가 본 마지막 모습이었다.

◇ ◇ ◇

니나는 그렇게 이야기를 마치고 지금까지 먼 곳을 바라보던 눈을 내게로 되돌렸다.

"오빠한테, 이겼지?"

"……그래. 이겼어."

"오빠는, 어떻게 떠났어? 무슨 말, 안 했어?"

나를 바라보는 눈이 젖어 드는 것이 보였다.

"싸워서 재미있었다고 했지."

"그래……. 잘됐네, 오빠. 마지막으로, 만족스럽게 싸워서……."

떨리는 목소리로 말하는 니나를 차마 바라볼 수 없어서 나는 눈을 돌리고 말았다.

몇 분 동안 니나에게서 흐느껴 우는 소리가 들렸다.

먼 산을 바라보고 있자니 동이 트기 시작했다.

몇 시에 니나가 나를 습격했는지 모르지만, 아침에 가까운 시간이었나 보다.

우리가 집에서 나와서 이야기한 지는 아마 한 시간쯤 지났을 테니까.

"미안해."

"아냐, 괜찮아."

니나는 울음을 그치자마자 사과했다.

펠릭스는 니나에게 가족이었겠지. 나도 가족을 잃는 슬픔을 안다.

오히려 사과해야 할 사람은 나다. 그녀의 가족을 죽인 사람은 나다.

하지만 사과할 생각은 추호도 없다.

비정하다고 생각할지 모른다. 하지만 그 싸움은 약육강식의 세계였고, 정정당당한 싸움 끝에 내가 이겼다.

그것을 사과한다면 펠릭스도 굴욕으로 생각할테고 니나도 바라지 않을 것이다.

그러니까 내가 이 아이에게 할 말은 아무것도 없었다.

나와 같은 고통을 끌어안았을 니나에게 나는 아무것도…….

"왜, 너까지 울어?"

"응……?"

그 말을 듣고서야 내가 흘리는 눈물을 알아차렸다.

뺨을 타고 흐르는 따스한 눈물을 서둘러 훔쳤다.

"미안, 내가 울면 안 되는데……!"

정말로 왜 내가 우는 걸까.

내가 울 자격은 없을 텐데.

가족을 잃은 고통을 안다고 내가 울어서는 안 된다.

나는 니나에게 얼굴이 보이지 않게 등을 돌렸다.

"너, 착하네."

어제 촌락 사람들에게 말한 서슬 퍼런 말투와 전혀 다른, 부드러운 목소리가 들렸다.

"그, 그런 거 아니야."

"자기 고향을 멸망시키려고 한 적의 동생을 생각하고 울었잖아? 그런 사람 잘 없어."

아니다. 이건 단순한 동정에 지나지 않는다.

심지어 니나의 입장에서는 오빠를 죽인 상대가 자기를 동정해 눈물을 흘리는 상황이다. 놀리는 거냐고 화를 내도 할 말이 없다.

"동정이든 뭐든 상관없어. 그런 눈물을 흘리는 사람에게 죽었다면, 오빠도 마음이 편할 거야."

니나는 내 마음을 들여다본 것처럼 말했다.

나는 겨우 눈물이 멎어서 돌아볼 수 있었다.

"고마워, 에릭. 오빠를 죽여줘서."

정말로 진심으로 그렇게 생각하듯 그녀는 무척 상쾌하게 웃으며 말했다.

"오빠는 좋아하지만, 왕이 되어서 하겠다는 일에는 도저히 찬성할 수 없었어."

"그랬어?"

니나는 또 고개를 살짝 숙이고 이야기를 시작했다.

니나는 쭉 함께 여행한 사이면서 펠릭스의 생각에 찬성하지 않았나?

"오빠가 왕이 되어서 다른 나라와 싸우면 나라 안의 다툼이 없어지고 겉면과 뒷면 같은 폐해도 없어졌을지도 몰라. 그래도 다른 나라와 싸우면 더 큰 피해가 난다는 걸 알고 있었어."

"그럼 왜 안 말렸어?"

그걸 알면 세레도니아 국왕을 쓰러뜨리고 왕이 되는 것보다 나은 방법이 있지 않았을까.

"오빠는 강했지만, 단지 그것뿐이라면 무슨 짓을 해도 평민 신분이야. 왕이 되는 것 말고는 자기 의지를 관철할 수 없었어. 오빠는 자기가 틀렸을지도 모른다고 생각하면서도 이미 멈출 수 없었어."

마족 나라는 약육강식. 자기 생각을 밀어붙이려면 강해질 수밖에 없다.

펠릭스가 왕이 되려고 한 건 그런 이유였나.

"나도 말릴 수 없었어. 잘못된 걸 알면서도 오빠를 말리지 않은 이유는, 나를 위해서였으니까. 나처럼 도시의 뒷면에서 살며 불행해지는 사람을 없애고 싶었으니까."

니나의 얼굴에는 지금도 후회가 묻어났지만, 다시 내 쪽을 보고는 살며시 미소 지었다.

"그러니까 오빠는 자기가 틀렸다고, 누가 멈춰주기를 바랐을지도 몰라. 국왕이 약해졌다고 길길이 날뛴 것도 올바른 국왕이 자기에게 허무하게 졌기 때문이라고 생각해."

"그럼 펠릭스는 지고 싶었다는 말이야?"

"진실은 몰라도 내게는 그렇게 보였어. 그러니까 오빠를 죽여줘서 고마워."

그렇게 그러면서 이번에는 머리 숙여 감사했다.

하지만 내가 그 감사를 받을 자격은 없었다.

"나는 내게 튄 불똥을 털어냈을 뿐이야. 감사받을 일은 한 적 없어."

"응, 내가 하고 싶어서 한 말이니까 안 받아줘도 돼. 그냥 그렇다는 얘기야."

"……그건 좀, 치사하지 않아?"

받아주지 않아도 된다고 말해도 들어 버린 말을 잊을 수는 없다.

"후후, 우리 오빠를 죽였으니까 이 정도 복수는 해야지."

니나는 그렇게 말하며 밝게 웃었다.

"아니, 방금 나를 죽이려고 했으니까 이미 복수는 했잖아?"

"결국 못 죽였는데 무슨 복수야. 게다가 정말로 죽일 수 있다고는 생각도 안 했어."

"실패할 줄 알았다고?"

"옛날에 오빠한테도 똑같은 짓을 했는데 피했거든."

"뭐? 왜 그런 짓을 해?"

"내 간식을 뺏어먹었어."

"그런 이유로 죽이려고 해……?"

"마족은 약육강식. 약하면 죽는 거야."

"여기서 쓸 말은 아니라고 봐."

그 후로 나와 니나는 해가 떠서 일행이 일어날 때까지 밖에서 이야기를 나누었다.

해가 하늘로 오르고, 나와 니나는 각자의 집으로 돌아갔다.

니나의 집은 원래 펠릭스가 살던 집이라고 했다. 지금은 펠릭스의 가족도 없어서 그곳에서 혼자 사는 듯했다.

내가 집으로 돌아오니 비비아나 씨만 빼고 모두 일어나 있었다.

비비아나 씨는 더운지 이불을 걷어찼고 셔츠도 살짝 말려 올라가서 배가 훤히 보였다.

"에릭, 왔어? 별일 없었어?"

돌아오자마자 크리스토가 내게 물었다.

아마 내가 없는 이유를 리베르토 씨에게 들었겠지.

"잘 잤어? 나는 아무 문제 없어."

"그래? 네가 야습을 당했다는 말을 듣고 간담이 서늘했어."

"그 난리를 피워도 왕자님은 세상모르고 자더라."

내가 공격받는 동안에도 잠에서 깨지 않은 크리스토에게 비아냥거리는 투로 말하자 어색하게 검지로 볼을 긁적였다.

"보통은 자다가 살기를 느끼고 깨지 못하잖아."

"뭐, 그건 그래."

나는 살기를 직접 받았고 배에 올라타서 알았지만, 단순히 살기를 느끼고 깬 리베르토 씨가 대단한 것이다.

"응? 뭐야, 둘이서 나를 보고."

나와 같은 생각을 했는지, 크리스토도 리베르토 씨를 보고 있었다.

"아뇨, 그냥."

"이제 비비아나도 깨울까."

"너희 거짓말 정말 못 한다?"

리베르토 씨의 질문을 대충 얼버무리며 비비아나 씨를 깨웠다.

그리고 우리는 출발할 준비에 들어갔다.

비비아나 씨는 일어난 직후에는 정신을 못 차려서 내버려 두고 세 명이서 준비를 거의 끝마쳤다.

밖에 있는 외양간으로 가서 말을 꺼내는 와중에 주민들이 다가왔다.

"벌써 가시게요?"

"아직 은혜도 다 갚지 못했는데……."

이 촌락에는 성실한 사람이 많은지, 어떻게든 은혜를 갚으려고 하는 모양이었다.

"우리는 우연히 지나가다가 도와드릴 힘이 있어서 도왔을 뿐입니다. 그렇게 은혜를 갚으려 하실 필요는 없어요. 게다가 이미 얻은 정보도 충분한 도움이 됩니다."

크리스토가 그렇게 설명하며 주민들을 설득했다.

주민들은 처음에 떨떠름한 눈치였지만, 다시 오겠다는 약속을 받고 물러나줬다.

우리는 왕도로 가서 며칠 체류한 뒤 돌아가므로 아마 오는 길에 이곳에 다시 들를 것이다.

"이번에는 더 호화로운 식사를 준비하도록 하겠으니 꼭 다시 와주십시오."

"네, 꼭 오겠습니다."

촌장과 크리스토가 악수하면서 인사를 나누었다. 말과 마차의 연결을 끝낸 내가 그 모습을 바라보는데 누가 옷자락을 당겼다.

누군가 싶어 돌아보니 니나였다.

마을에 있던 시절의 티나가 떠오르는 광경이지만, 니나는 키가 커서 어쩐지 기분이 이상했다.

"안녕, 니나. 잘 잤어?"

"어떻게 자겠어. 습격하고, 그 상대와 쭉 이야기했는데."

"그렇지."

니나는 손으로 입을 덮었지만, 하품하는 입을 다 가리지는 못했다.

비비아나 씨와 리베르토 씨가 우리를 경계해서 지켜보지만, 내가 괜찮다고 눈짓했다.

"이제 가게?"

"그래. 우리는 여행자니까."

"아직 그런 설정이야?"

"어허, 설정이라니."

니나는 왠지 우리가 여행자가 아니라는 사실을 알아챈 듯했다.

"오빠를 죽인 사람이 단순한 여행자일 리 없잖아?"

"그걸로 알아챘어?"

"아니, 그 전에 알았어. 확신을 가진 이유가 그거야."

그러고 보니 어제 크리스토가 여행자라고 설명했을 때 바로 거짓말이라고 간파했었지.

"어디로 가?"

"이 나라의 왕도로."

"그래……."

니나는 우리의 행선지를 묻고 땅을 봤다.

왕도 지하 거리에 살았으니까 뭔가 생각나는 것이 있겠지.

"인간 족인 너희가 왕도로 가는 이유는, 왕도의 상황을 살피려고?"

"대충 그런 이유야."

"나도 오빠랑 같이 여행하면서 다양한 곳을 돌아봐서 대충 알지만…… 왕도에 가면 표면뿐 아니라 이면도 봐줘."

니나의 목소리는 미세하게 떨리고 있었다.

이면이란 지하 거리도 봐달라는 의미겠지.

"이면도 보고, 어떻게 느꼈는지 나한테 말해줘. 다시 올 거지?"

"응, 아마도."

"그럼 그때 와서 알려줘."

우리 목적은 타국의 다양한 곳을 돌며 크리스토가 왕자로서 무언가를 보고 배우는 것이다.

크리스토가 배움을 얻는 곳이라면 나도 보고 느끼는 바가 있겠지.

"알았어. 약속할게."

똑바로 눈을 마주 보고 말하자 니나는 만족스럽게 미소 지었다.

우리가 이야기를 끝냈을 즈음, 크리스토 쪽도 이야기를 마쳐 우리는 다 같이 마차에 올라탔다.

처음에는 내가 마차를 몰려고 앞쪽 마부석에 앉고 세 사람이 뒤쪽에 탔다.

세 사람이 탄 것을 확인한 뒤, 주민들은 마차를 향해 감사하다며 고개를 숙였다.

나도 가볍게 고개를 까딱이며 마차를 출발시키려던 그때.

앞쪽에 말을 탄 집단이 다가오는 것이 보였다.

아직 멀어서 정확히 몇 명인지는 알 수 없으나, 스무 명은 족히 되어 보였다.

"저건 뭐지?"

내가 의문을 표하자 뒤에서 머리를 내밀어 전방의 집단을 확인한 리베르토 씨가 인상을 찌푸렸다.

"무장했어. 또 습격하러 왔나?"

리베르토 씨는 마차에서 내려 전투 준비를 하려고 했다.

나도 마부석에서 내려서 칼자루에 손을 올렸다.

"괜찮아."

니나가 리베르토 씨 뒤에서 말하는 소리가 들렸다.

"엉? 뭐가?"

"내 수호 마법이 있어. 이 촌락에는 절대로 못 들어와."

"그래?"

"안쪽에서 나갈 수는 있어도 바깥에서 들어오기는 힘들어. 나보다 강한 마력을 가진 사람이 있어야 해."

니나의 마력은 굉장히 강력하니까 그것을 깨기는 어렵겠지.

"저건……?"

그 집단이 다가오면서 복장이 보이자 촌장이 경악했다.

"왜 그러죠? 저 집단을 아나요?"

크리스토의 질문에 촌장은 한 번 더 똑바로 집단을 본 뒤 대답했다.

"저 갑옷은 아마 왕국 병사입니다."

"왕국 병사? 정말로요?"

"네. 저건 왕국 병사의 갑옷입니다."

나도 자세히 들여다보고 그것이 관문에서 본 병사들의 복장과 비슷하다고 깨달았다.

"아마 이 촌락으로 오는 것 같은데, 짐작 가는 일이라도 있나요?"

"지금 왕도의 병사가 주변을 돌며 촌락과 마을의 안전을 확인한다고 들었습니다. 아마 그거 때문이겠지요."

펠릭스가 죽은 뒤 치안이 나빠져서 병사가 움직이는 것인가.

—?!

내가 왕국 병사 집단을 바라보다가 어떤 사실을 알아차렸다.

마음이 떨리고 몸이 떨렸다.

그 집단이 누구고 무슨 목적으로 왔는지는 내게 아무래도 상관없었다.

저 사람은, 틀림없다…….

잘못 볼 리 없다.

내가 그녀의 얼굴을 어떻게 잊을 수 있으랴.

그 집단 속에 한 명, 단 한 명 무장하지 않은 여성이 있었다.

전생에서 이 세계에 다시 태어나고 가장, 이 세상에서 가장 만나고 싶었던 여성.

—이레네 하루지온이 거기에 있었다.

◇ ◇ ◇

"후암……."

나— 이레네 하루지온은 거울을 보고 손으로 머리를 빗으며 하품했다.

왕녀로서 이런 모습을 보이면 안 되지만…… 어쩔 수 없는 일이다.

어제는 마법 훈련이 밤늦도록 이어졌다. 아직 그 피로가 풀리지 않았다.

한 달 전까지 나는 낙심할 일이 있어서 마법 훈련을 게을리했다.

그래서 공백을 채우기 위해서 선생님도 열을 올렸고, 나도 그 기대에 부응하려고 힘쓰다가 잘 시간을 놓쳐 버렸다.

오늘은 아침부터 마법 선생님이 아닌 다른 사람과 여러 공부를 했다.

여왕이 될 가능성이 있는 나는 국정을 공부해야만 했다.

마족의 나라는 약육강식. 왕도 본래 싸움으로 정해진다.

하지만 현재 국왕, 우리 아버지가 퇴위할 때까지 누구에게도 지지 않으면 자식에게 왕위를 계승하는 것이 전통이다.

나는 외동딸이다. 바꿔 말해 아버지에게는 나밖에 자식이 없다.

그러니까 이대로 가면 내가 왕위를 이어받는다.

내가 결혼하면 남편이 왕위를 이을 수도 있지만, 아직 내게는 결혼할 생각이 없다.

아버지도 결혼 상대를 찾아주려고 여기저기 알아보고 계신다지만, 좀처럼 좋은 사람을 찾지 못하는 것 같았다.

왕권을 손에 넣으기 위해 나와 결혼하고자 하는 사람이 많다고 들었다.

그러니까 왕위를 지키기 위해서는 강해져야 하고 공부도 해야 한다.

자식이 왕위를 이을 때는 1년간 왕위에서 퇴위할 수 없으며, 그 기간이 지난 후에 계승이 가능하다.

요컨대 나도 결투에서 패하면 결국 퇴위할 수밖에 없는 입장인 것이다.

아마 아버지의 치세를 좋게 생각하는 사람은 내게 도전하지 않을 것이다.

딸인 내가 아버지의 뜻을 이어받을 것을 아니까.

그러니까 결투를 신청하는 사람은 지금의 이 나라가 마음에 들지 않는 사람, 즉 평화로운 마족의 나라가 아니라 호전적인 나라를 만들고 싶은 사람이라는 뜻이다.

나는 그런 사람이 왕이 되기를 원치 않는다.

지금 나와 결혼하려는 사람도 그런 호전적인 부류가 많아서 함부로 혼인을 맺을 수 없었다.

결혼 상대에게 바라는 점은 무척 상냥하고, 나보다 강해서 나를 지켜주고, 무엇보다 진정으로 나를 사랑해주는 사람이 좋다.

내 지위에 순수한 연애는 사치라는 사실을 알지만…….

손으로 머리를 대충 빗고 침실에서 나왔다.

그리고 식당으로 향했다.

복도에서는 메이드와 집사가 아침 인사를 건넸다.

"아가씨, 머리가 흐트러졌습니다. 또 손으로 대충 빗으셨군요?"

"죄송해요……."

"후우, 계속 걸어가시지요. 제가 뒤에서 고치겠습니다."

참견하기 좋아하는 메이드가 살짝 잔소리를 하지만, 이내 빗으로 부드럽게 머리를 정리해줬다.

이게 제법 기분이 좋아서 항상 머리를 대충 빗고 나오는 건지도 모르겠다.

식당에 도착할 때쯤에는 완벽하게 머리가 정돈되어 있었다.

"고마워요."

"다음부터는 몸단장을 꼼꼼히 해주세요."

그녀가 쾌활하게 웃으며 식당 문을 열어줬다.

전에 아버지가 펠릭스 글라디오에게서 나를 도망치게 하는 것에 메이드와 집사들도 협력한다고 들었다.

그녀도 나를 위해서 죽으려고 했다는 말이다.

내가 그 이야기를 물었을 때 그녀는 조금 난감하게 웃었다.

"아가씨께서 태어나셨을 때부터 보았습니다. 무엄하다고 하실지 모르나, 저는 아가씨를 딸처럼 생각합니다. 딸을 위해서 목숨을 거는데 망설일 만큼, 저는 매정하지 않습니다."

나는 그 말을 듣고 울면서 그녀에게 안겼다.

그녀의 마음과 다른 메이드, 집사의 마음이 무척 기뻤다.

그 후로 나는 그들을 지키기 위해서 강해지기로 마음먹었다.

펠릭스 글라디오처럼 강한 사람이 도전하더라도 이길 수 있도록.

식당에 들어서자 아버지와 어머니가 먼저 앉아서 기다리고 계셨다.

"안녕히 주무셨나요, 아버지, 어머니."

"어서 오렴, 이레네."

나는 가벼운 인사를 올리고 자리에 앉았다.

왕궁 식당은 너무 넓어서 세 사람이 앉으면 썰렁하게 느껴질 정도였다.

거기서 우리는 메이드와 집사들이 가지고 온 아침을 먹었다.

아버지, 어머니와 사사로운 이야기를 나누며 이 조용하고 단란한 공간에서 식사를 이어갔다.

나는 옛날부터 이 분위기가 좋았다.

식사를 마치고 오전 중에는 정치를 포함한 공부, 오후에는 마법 연습을 했다.

어제부터 연이어 공부하느라 굉장히 피곤했지만, 모든 선생님이 요즘 열심히 한다고 칭찬해줘서 기뻤다.

오늘은 조금 일찍 끝내고 저녁을 먹었다.

저녁은 아침과 달리 혼자서 먹는다. 아버지와 어머니는 아직 바쁘셔서 함께 먹을 수 없다.

식사가 끝나고 목욕을 하려고 복도를 걷는데 아버지가 앞쪽에서 걸어오셨다.

"아버지, 오늘도 고생하셨어요."

"그래. 씻으러 가니?"

"네."

"푹 쉬려무나. 요즘 열심히 한다는 이야기는 들었지만, 휴식도 중요한 법이다."

"우후후, 아버지가 하실 말씀인가요?"

최근 펠릭스 글라디오가 죽어서 각지에서 반란이 일어나고 있다.

그 대응에 쫓기는 아버지는 제대로 주무실 시간도 없다고 들었다.

"하하, 그러면 내가 할 말이 없구나."

그래도 난처하게 웃는 아버지는 한 달 전에 비해 기운을 되찾은 듯 보였다.

힘드시겠지만, 이 나라를 위한 일이라면 힘이 난다고 전에 말씀하셨다.

나도 아버지를 보고 배워서 더 노력해야지.

"폐하! 급히 드릴 말씀이 있습니다!"

복도에서 이야기를 나누는데 느닷없이 재상이 달려왔다.

평소에는 침착한 사람인데 지금은 허둥대며 땀을 흘리고 있었다.

"왜 그러지? 무슨 일이 생겼나?"

조금 전까지 다정한 미소를 짓던 아버지도 재상을 보더니 표정이 굳어졌다.

"죄송합니다, 실은—."

"뭐라고?!"

재상의 이야기를 들은 아버지가 목청을 키웠다.

나도 그 이야기에 놀랄 수밖에 없었다.

"당장 찾아라! 이 사실을 빨리 전해야 한다! 아직 왕도에는 당도하지 않았을 테지만, 왕도 밖도 수색해라!"

"아버지! 저도 도울게요!"

아버지는 나를 보고 잠깐 망설였지만, 금방 고개를 끄덕였다.

"맡겨도 되겠느냐? 위험할지도 모르지만, 너는 왕도 밖을 찾아줘야겠다. 왕녀인 네가 병사를 거느리고 왕도 안을 돌아다니면 국민이 불안에 빠진다."

"알겠어요! 당장 출발할게요!"

"재상, 병사들에게 전하라! 이건 시간 싸움이다!"

"그리하겠습니다!"

우리는 바로 그곳에서 흩어져 각자가 가야 할 곳으로 달렸다.

그로부터 십 수 시간 후, 나는 마침내 발견했다.

왕도에서 관문까지 길을 따라서 말을 몰자 한 촌락이 나왔다.

그곳에는 전에 만난 적 있는 베고니아 왕국의 왕자가 있었다.

그쪽도 왕녀인 나를 보고 깜짝 놀란 눈치였다.

함께 있는 사람들도 나를 아는지, 놀라는 기색이었다.

특히 한 남성이 뭔가 말하고 싶은 듯이 나를 바라봤지만, 지금은 이 이야기를 먼저 전해야 한다!

"—베고니아 왕국이, 공격을 받았어요!"

◇ ◇ ◇

"베고니아 왕국이, 급습을 받았어요!"

이레네를 보고 눈물이 날 뻔했지만, 그 말을 듣는 순간 눈물이 쑥 들어가고 말았다.

베고니아 왕국이? 급습?

"그게 무슨 말이죠?"

뜬금없이 날아든 소식에 크리스토도 당황하고 있었다.

이레네는 말에서 내리고 우리에게 달려와서 말한 탓에 숨이 가빴다.

하지만 개의치 않고 우리에게 현재 상황을 전하려고 했다.

"마족 나라, 린도 제국이 지금 베고니아 왕국을 급습했다는 정보가 들어왔어요!"

린도 제국.

나는 전혀 들은 적 없는 국명이지만, 크리스토와 리베르토 씨는 그 이름을 아는지 낯빛이 바뀌었다.

"린도 제국이요? 그건 틀림없는 정보인가요?"

"어젯밤 베고니아 왕국을 공격하려고 병사를 모은다는 정보가 들어왔어요. 확실해요."

그 말이 끝나기 무섭게 리베르토 씨가 옷에서 무언가를 꺼냈다.

그리고 손바닥 크기의 그것을 잠시 들여다봤다.

"그 녀석, 예레한테 연락은 안 왔어. 아직 공격은 시작되지 않았는지도 몰라."

리베르토 씨는 그 도구를 보고 그렇게 말했다.

그것은『마도구』라고 불리는 마법 효과를 지닌 도구의 일종으로, 멀리 있는 사람과 연락하는 물건 같았다.

"린도 제국도 정말 급하게 병사를 모아서 공세가 늦어지는지도 몰라요!"

이레네가 숨을 고르며 자기 의견을 말했다.

그때, 갑자기 어깨를 콕콕 찌르는 느낌이 들었다.

뒤를 돌아보니 비비아나 씨가 당혹스러운 얼굴로 나를 보며 목소리를 죽여 물었다.

"저 애, 누구야?"

크리스토와 리베르토 씨는 저 여자애를 알고 그 말도 믿는 것 같지만, 이야기를 방해하기는 미안해서 내게 물어봤다.

나도 목소리를 낮춰 대답하려고 했지만…….

"죄송해요. 제 소개를 못 드렸네요."

비비아나 씨의 목소리가 들렸는지, 이레네가 고개를 꾸벅 숙이고 답했다.

"저는 하루지온 왕국 세레도니아 국왕의 딸, 이레네 하루지온이라고 해요. 기억해주시면 감사하겠어요."

왕족다운 우아한 인사에 비비아나 씨는 잠깐 놀랐지만 밝게 웃었다.

"왕녀님이었구나~ 잘 부탁해~."

그러고는 악수를 하려고 했다.

"아, 네, 잘 부탁드릴게요."

이레네도 그 대응에 조금 놀라면서 악수를 받았다.

왕녀라고 소개했는데 이렇게 거리낌 없이 대하는 사람도 잘 없지.

"야, 태평하게 인사나 나눌 때가 아니야."

나도 이레네에게 인사해야 하나 망설였지만, 리베르토 씨가 조금 전보다 초조한 기색으로 주의를 환기했다.

"아예 연락이 안 돼."

그 말에 크리스토가 빠르게 반응했다.

"이상 사태야?"

"연락을 안 받는 경우는 가끔 있어도 연결조차 안 된다면 이상 사태야. 무언가가 연락을 방해한다고밖에 생각할 수 없어."

"아마 방해 마법이나 마도구를 썼겠죠."

이레네가 그 말에 자기 추측을 내놓았다.

그게 사실이라면 지금 왕도에 있을 예레 씨와는 연락할 수 없다.

왕도의 정보가 완전히 차단된 셈이다.

"그렇다면 이미 공격이 시작됐을 가능성이 있어. 아니, 그럴 확률이 더 크지."

리베르토 씨의 말에 긴장감은 커져만 갔다.

설마 우리가 이 나라에 온 사이에 공격받을 줄이야. 어떻게 상상이나 했겠는가.

티나, 유리나 씨, 엘레나 씨는 괜찮을까?

그 세 사람은 확실히 강하다. 하지만 실전에 익숙하지는 않을 터였다.

특히 티나는 아직 마법 기사단에 들어간 지 한 달밖에 지나지 않았다.

갑작스러운 습격, 게다가 아마 시가전일 확률이 높다.

상대 병사가 얼마나 많은지 알 수 없으나, 우리는 백성을 지키면서 싸워야 한다.

어려운 싸움이다. 아무리 나라도 그렇게 많은 사람을 지키면서 싸운 적은 없다.

젠장, 왜 내가 없을 때 베고니아 왕국이 습격을 받은 거야!

심지어 리베르토 씨와 비비아나 씨, 우리 쪽의 강력한 병력 두 명이 없을 때—.

아! 설마……!

"우리가 없을 때를 노렸나……!"

리베르토 씨도 같은 생각을 했는지 내가 도달한 답을 입 밖으로 꺼냈다.

그 말이 맞다. 나는 몰라도 기사단 최강인 리베르토 씨, 마법 기사단 최강인 비비아나 씨.

이 두 사람이 없을 때 공격한 것이 우연일 리 없었다.

린도 제국이 이 타이밍을 노렸다고밖에 생각할 수 없었다.

—!

문득, 어떤 생각이 스쳤다.

티나가 들어오고 한 달이 지났다는 말은 전생에는 우리 마을이 멸망하고 한 달이 지난 시점과 동일하다.

그 시기에 나는 크리스토와 만났다.

크리스토는 베고니아 왕국이 멸망하고 먼 도시로 피신해 나와 만났다고 말했다.

만약 전생에서도 크리스토가 지금과 같은 행동을 했다면.

크리스토, 그리고 리베르토 씨와 비비아나 씨는 타국을 돌아보고 있었을 것이다.

요컨대 전생에서도 세 사람은 이 시기에 베고니아 왕국에 없었다.

전생의 나는 베고니아 왕국의 병력 규모를 몰랐지만, 지금은 이렇게 강한 사람들이 있는데 왜 그렇게 쉽게 나라가 멸망했을까, 하고 신기하게 생각할 때가 있었다.

펠릭스가 강한 건 인정한다. 하지만 이 두 명이 있으면 쉽게 밀리지는 않았으리라.

그래도 만약 전생에서도 나라가 공격받을 때 세 사람이 없었다면 이야기가 들어맞는다.

전생에서도, 그리고 지금도.

베고니아 왕국 최강자인 두 명이 자리를 비웠을 때, 나라가 공격받았다.

그렇다면 전생에서 나라가 무너진 이유도, 크리스토가 무사했던 이유도 설명된다.

심지어 전생에서는 이레네가 이 소식을 전하러 오지도 않았겠지.

우선 하루지온 왕국을 돌아봤을지도 의문이며, 만약 그랬어도 그때는 펠릭스가 이 나라 차기 국왕으로 확정되어 정보를 알 수 없었을 것이다.

이대로 가면 전생과 같은 길을 걷게 된다.

—베고니아 왕국이, 멸망한다.

“크리스토, 어떡할래?”

리베르토 씨가 침착하게 물었다.

그래, 진정하자. 지금 당황해 봤자 의미가 없다.

지금 베고니아 왕국이 공격을 당한 것을 알아도 여기서는 아무것도 할 수 없다.

그럼 당장 왕국으로 돌아가야 하나?

아마 연락이 되지 않는다면 지금 급습이 진행 중이라는 뜻이다.

여기까지 오는 데 이틀이나 걸렸다.

지금부터 서둘러 돌아가도 하루 이상이 걸린다.

"이레네 왕녀, 린도 제국의 병력을 파악하고 계신가요?"

크리스토는 우리에게 이 사실을 전하러 온 이레네에게 물었다.

"병력은 최고 1만 명으로 추정돼요."

1만…… 숫자만 들으면 많아 보이지만, 왕도를 공격하려는 것치고는 적은 수였다.

왕도에 주둔하고 있는 병사는 5만 명에 육박한다.

병력의 수로만 따지면 왕도가 함락될 리 없겠지만, 민간인의 피해가 클 것이다.

"하지만 린도 제국은 마물 조련사가 많은 나라이기도 해요. 병사 수는 적어도 같은 수, 혹은 더 많은 마물을 거느리고 있겠죠."

마물 조련사.

그 이름대로 마물을 조종하는 자들이다.

마족 중에는 그런 재주를 가진 사람이 많았다. 펠릭스 글라디오도 아마 마물을 써서 우리 마을을 습격했다.

조종할 수 있는 수는 사람마다 다르지만, 많으면 50마리를 사역하는 경우도 있었다.

심지어 우리가 여기 올 때 만난 오크 제너럴처럼 부하를 단체로 거느린 마물을 조종하면 펠릭스처럼 많은 마물을 다룰 수 있다.

1만 명은 국가를 공격하는 병력치고는 수지만, 마물을 다루는 자가 있으면 병력 차이를 메우고도 남는다.

정말로, 위험할지도 모른다.

"리베르토, 그 마도구는 가지고 있어?"

"있어. 하지만 두 개밖에 없어."

"그렇다면 두 명인가……."

리베르토 씨는 또 옷에서 도구 두 개를 꺼냈다.

그 도구를 보고 크리스토는 우리를 돌아보며 고민했다.

"무슨 마도구야?"

"딱 한 번, 공간 이동을 할 수 있는 마법이 담겼어. 사용하면 왕도로 순식간에 돌아갈 수 있어."

"뭐?! 그런 마도구가 있어?!"

그 말을 듣고 나는 눈이 휘둥그레졌다.

한 번밖에 쓸 수 없다고는 해도 엄청난 성능이었다.

"정말로 긴급한 상황에만 쓰려고 했는데, 아마 지금이 그때겠지."

"그래. 하지만 누가 돌아가느냐가 문제야."

크리스토는 턱에 손을 대고 나와 리베르토 씨, 그리고 비비아나 씨를 봤다.

"비비아나는 돌려보내고 싶어. 네 힘이 틀림없이 필요해."

"네~ 알겠습니다~"

크리스토가 처음 지목한 인물은 비비아나 씨였다.

오크 군단을 한 번의 마법으로 전멸시킨 비비아나 씨는 혼자서 전쟁의 판도를 뒤흔들 힘을 가졌다.

비비아나 씨를 돌려보내는 것은 좋은 판단이었다.

"그리고 에릭, 너도 돌아가."

"내가?"

"그래. 리베르토보다 네가 더 강해. 너한테 맡기고 싶어."

크리스토는 내 눈을 보며 말했다.

지금은 크리스토가 나와 리베르토 씨 중 누가 더 강한지 판단할 수 없을 테니까 아마 리베르토 씨 본인이 그렇게 말했겠지.

딱히 부인할 생각은 없었다.

나는 내 힘을 알고 있고, 나도 전생에서는 전쟁에서 수백 명을 혼자 죽인 적도 있었다.

"알았어."

"두 명만으로 전황을 뒤집기는 어렵겠지. 하지만 그러지 않으면 베고니아 왕국이 멸망할 수도 있어. 너희만 믿을게."

"그래, 맡겨만 줘."

나는 크리스토의 눈을 보고 힘주어 고개를 끄덕였다.

"저, 죄송하지만……."

옆에서 조심스러운 목소리가 끼어들었다.

내가 수도 없이 꿈꾸고 듣고 싶었던 목소리에 정신이 번쩍 들었다.

그쪽을 보니 이레네가 나를 보고 있었다.

전생과 똑같이 아름다운 금색 눈동자에 내가 비치고 있었다.

"혹시 펠릭스 글라디오를 해치웠다는 에릭 님이신가요?"

—에릭 님.

전생에서 이레네는 나를 그렇게 불렀다.

눈물이 날 것 같았다.

크리스토와 재회했을 때처럼 울어 버리지 않도록 이를 악물었다.

"어, 아…… 맞아, 요."

반말이 나오지 않도록 조심하려고 했는데 전생의 버릇으로 입이 멋대로 움직였다.

이레네는 내 말투를 신경 쓰지 않고 꽃이 피어나듯 환하게 웃으며 고개를 숙였다.

"감사드려요! 당신은 이 나라를 구하셨어요!"

뒤에 대기하던 병사들 사이에 약간의 동요가 퍼졌다.

한 나라의 왕녀가 이렇게 쉽게 고개를 숙여도 되느냐는 걱정이겠지.

"앗, 죄송해요. 시간이 없으실 텐데……."

우리 상황을 떠올렸는지, 이레네는 미안하다고 사과하고 살며시 물러났다.

"베고니아 왕국이 무사하기를 기도할게요. 에릭 님, 응원할게요."

그러면서 이레네는 또 머리를 숙였다.

"에릭, 이걸 들어. 여기를 누르면 마도구가 발동해서 왕도로 갈 수 있어. 야, 듣고 있어?"

리베르토 씨가 내 손에 뭔가를 쥐여 줬지만, 내 마음은 이미 다른 곳에 가있었다.

오랜만에— 정말로 오랜만에 보는 이레네.

흐릿해져가는 기억보다 훨씬 선명하고 아름답다.

그리고 감사의 말을 듣고 비로소 이레네를 구했다는 실감이 들었다.

펠릭스를 해치우면 전생과 달리 이레네가 하루지온 왕국을 탈출하지 않는다는 것은 알고 있었다.

지금 그 거짓 없는 웃음으로, 펠릭스를 해치우고 이레네가 불행을 면했음을 겨우 마음속 깊이 이해했다.

정말로, 다행이다.

이레네가 행복해졌지만, 만날 수 없다고 슬퍼했다—.

—그렇지만 우리는 지금 이곳에서 재회했다.

"에릭! 괜찮아?!"

크리스토의 목소리에 퍼뜩 정신이 돌아왔다.

맞다. 지금은 긴급 상황이다.

내가 왕도로 돌아가서 구해야 할 사람들이 있다.

"그래, 괜찮아."

"정말로? 상태가 안 좋다면 리베르토에게……."

"아니. 내 상태는 지금 최고조야."

멍해 있던 나를 걱정한 크리스토에게 웃어 보였다.

이레네가 응원한다고 말해주지 않았는가.

나는 지금 이 세상에 돌아오고 최고로 상태가 좋다.

"그, 그래? 그럼 부탁할게."

"알았어."

옆을 보자 비비아나 씨도 나와 같은 마도구를 들고 있었다.

그리고 나는 마도구 스위치를 누르기 전에 한 번 이레네를 봤다.

"—이레네, 반드시 한 번 더 만나러 올게."

"……! 아, 알겠어요! 기다릴게요!"

이레네는 내 말에 놀라면서도 웃으며 고개를 끄덕였다.

비비아나 씨를 돌아보고, 함께 스위치를 눌렀다.

그 순간, 나는 빛에 휩싸였다.

◇ ◇ ◇

"—이레네, 반드시 한 번 더 만나러 올게."

내게 그렇게 한마디를 전하고 에릭 님은 떠났다.

나는 우호 관계인 베고니아 왕국이 린도 제국에게 공격받는다는 정보가 들어와서 하루지온 왕국에 와있다는 왕자에게 소식을 전하러 여기까지 왔다.

크리스토퍼 왕자님이 이곳에 올 때는 언제나 소수의 병사와 함께 온다는 사실을 알고 있었지만, 설마 에릭 님이 있을 줄은 몰랐다.

펠릭스 글라디오가 죽었다는 소식을 듣고, 그를 해치운 분의 이름을 전에 아버지께 물었더니 금방 조사해서 알려주셨다.

에릭 아울린 님.

나와 가족, 그리고 많은 사람의 은인. 하루지온 왕국을 구했다고 말해도 과언이 아니었다.

그분이 펠릭스를 해치우지 않았다면 이 평화로운 나라는 무너졌으리라.

그래서 언젠가 에릭 님과 만나서 감사를 전하고 싶었는데, 설마 여기서 뵙게 될 줄은…….

"이레네 님, 하나만 물어도 될까요?"

잠깐 멍하게 있던 내게 크리스토퍼 왕자가 말을 걸었다.

"앗, 네. 뭐죠?"

"이레네 왕녀님이 에릭을 아는 이유는 짐작이 갑니다."

왕자는 에릭 님이 펠릭스를 해치웠다는 것을 알겠지.

그리고 펠릭스가 하루지온 왕국에 어떤 존재였는지도.

"네. 우리는 에릭 님에게 무척 감사하고 있어요."

"이레네 왕녀님은 에릭을 만난 적이 있으신가요?"

"제가요? 저는 방금 처음 뵈었어요."

"그런가요……."

왕자는 그렇게 말하고 왠지 생각에 빠졌다.

"왜 그러시나요?"

"에릭이 당신을 아는 것 같아서요."

"그런가요? 제가 왕녀라서 그런 게 아닌지……."

내 이름은 다른 나라, 특히 베고니아 왕국 사람들에게도 많이 알려졌다고 들었다.

그래서 에릭 님이 나를 알아도 신기한 일은 아닐 텐데…….

"아뇨, 단순히 이름을 아는 게 아니라 개인적으로 당신을 아는 것 같았어요. 마치 만난 적이 있는 것처럼."

"네……? 하지만 저는 방금 처음 뵈었는걸요."

혹시 옛날에 만난 적이 있나?

내가 기억하지 못할 뿐이고?

이럴 수가, 그렇다면 나는 은인을 기억하지 못하는 사람이 아닌가…….

"방금의 반응을 보면 에릭이 일방적으로 이레네 왕녀님을 아는 눈치였어요."

"그, 그런가요?"

"네. 그 녀석은 당신을 무척 만나고 싶어 했으니까요."

에릭 님이, 나를?

오히려 내가 더 만나고 싶었다.

생명의 은인이나 마찬가지인 사람에게 꼭 감사를 전하고 싶었다.

그래도 방금 그 한마디.

『—이레네, 반드시 한 번 더 만나러 올게.』

그 발언은 틀림없이 전부터 나를 아는 느낌이었다.

어디서 만난 적이 있었을까?

정말로 모르겠다…….

그때 보인 눈과 얼굴을 떠올리면 왠지 내 얼굴이 뜨거워졌다.

이레네, 라고 부르다니…….

아버지를 빼면 나를 그렇게 부르는 남성은 처음이었다.

아니, 그게, 싫다는 건 아니다.

오히려 싫지 않았다는 것이 문제인 기분이 들었다.

『―이레네, 반드시 한 번 더 만나러 올게.』

떠, 떠올리면 안 돼!

"왜 그러시죠?"

"아, 아무것도 아니에요."

내 얼굴이 빨개진 것을 들켰다.

진정하려고 일단 심호흡을 했다.

"그런데 크리스토, 그 녀석 왜 저 왕녀님한테 빠졌냐?"

"글쎄? 노골적이긴 하더라."

"돌아오면 놀려주자고."

"당연하지. 나도 당했으니까 반드시 갚아줄 거야."

크리스토퍼 왕자와 호위 병사가 무슨 이야기를 나눴다.

『빠졌다』는 말이 들렸는데, 정확히 무슨 말이었을까?

"저기, 괜찮으신가요? 린도 제국은 1만의 군세에 마물까지 동원해요. 에릭 님과 다른 한 분이 돌아가도 전황이 크게 바뀔까요?"

펠릭스 글라디오를 이긴 에릭 님이 강하다는 것은 알지만, 그 여성은 얼마나 강한지 나는 모른다.

그 두 사람이 돌아가도 전황이 얼마나 바뀔지 예상할 수 없었다.

"이 중에서 돌아갈 사람을 뽑는다면 그 둘이 최선이었어. 이제는 믿고 기다리는 수밖에 없지."

왕자의 호위가 내 질문에 대답했다.

예의를 차리지 않는 말투지만, 진지하게 생각한 답변 같았다.

"그 두 사람이라면 할 수 있는 일은 다 할 거야. 그 둘이 돌아가서 전황이 바뀌지 않는다면— 베고니아 왕국은 멸망하겠지."

그 말이 굉장히 무겁게 깔렸다.

"죄송해요. 제가 더 일찍 전했더라면……."

"아니에요. 지금이라도 달려와 주시지 않았다면 우리는 왕국이 위기에 빠진지도 모른 채 태평하게 여행이나 하고 있었겠죠. 이레네 왕녀님 덕분에 왕국의 위기를 알고 손을 쓸 수 있었습니다. 정말로 감사드립니다."

후회하는 내게 왕자가 웃으면서 말했다.

정말로 다정한 분이다. 이런 분이 왕자로 있는 베고니아 왕국은 멸망해서는 안 된다.

"당신이 왕녀님이야?"

갑자기 뒤에서 부르는 소리가 들렸다.

그쪽을 돌아보니 나와 또래로 보이는 여성이 서 있었다.

"네, 맞아요."

"그래? 당신이랑 하고 싶은 얘기가 있었어."

내가 또래 여성과 이야기할 기회가 거의 없었기 때문일까. 이 무례한 말투가 신경에 거슬렸다.

"그쪽은 누구시죠? 제가 좀 바빠서 짧게 부탁드릴게요."

그래서 살짝 짜증스럽게 되받았지만, 그녀의 다음 말에 놀란 나는 그런 감정을 모두 잊어버렸다.

"나는 니나. 펠릭스 글라디오의 동생이야."

■작가 후기

안녕하세요, 저자 shiryu(시류)입니다!

이 작품을 읽어주셔서 감사합니다!

1권에서는 후기를 적은 공간이 없어서 인사를 드리지 못하고 2권에서야 뒤늦게 인사드립니다…….

본 작품은 소설 투고 사이트 「소설가가 되자」에서 연재되는 웹소설을 서적으로 옮긴 것입니다.

우선 제 작품을 출간하겠다고 판단하신 가가가 북스의 담당 편집자 코야마 키히로 님께 감사드립니다.

본 작품은 한마디로 요약하면 「죽어서 과거로 간 주인공이 한 번 잃었던 사람을 지키고자 노력한다」라는 내용입니다.

독자 여러분도 죽어서 돌아가지는 않더라도 「그때로 돌아갈 수 있다면」이라는 생각을 하신 적 있으리라고 생각합니다.

저는 너무 많아서 여기서 이야기하면 본편보다 길어져서 차마 쓸 수가 없지만요……(사실 그만큼 길지는 않을 겁니다.).

최근 후회한 점은 전자 서적을 읽으려고 전용 태블릿 PC를 샀는데 제 손에 안 맞아서 결국 스마트폰만 쓰는 것일까요.

그때로 돌아갈 수 있다면 절대로 안 살 겁니다.

이런 아무도 궁금하지 않을 이야기는 여기까지만 하죠.

각설하고 다시 감사 인사로 돌아가겠습니다.

제가 정말로 감사드리고 싶은 분은 일러스트레이터 테시마nari。님입니다.

제 빈곤한 상상력으로는 캐릭터를 정확하게 설명할 수 없어서 디자인을 거의 맡기게 되었습니다.

그런데도 멋있고 귀엽고 아름다운 캐릭터, 일러스트를 그려주셔서 정말로 감사합니다!

개인적으로 등장은 적지만 히로인 이레네가 가장 좋았습니다. 제가 멋있는 미인을 좋아해서요(웃음).

만화판도 「망가원」에서 연재 중이므로 관심 있으시면 봐주시기 바랍니다!

오타 요칸 선생님께서 아주 근사한 만화를 그려주고 계십니다! 그저 감사할 따름입니다!

그리고 마지막으로 이 책을 읽어주신 여러분!

거듭 감사의 말씀 드립니다!

또 후기에서 만날 수 있기를 기대합니다!

이상으로 인사를 마치며! 지금까지 shiryu였습니다!

죽음에서 돌아와, 모든 것을 구하고자 최강에 도달한다 2

초판 1쇄 발행 2022년 7월 10일

지은이_ shiryu
일러스트_ 테시마nari。
옮긴이_ 김장준

발행인_ 신현호
편집장_ 김승신
편집진행_ 권세라 · 최혁수 · 김경민 · 최정민
편집디자인_ 양우연
관리 · 영업_ 김민원

펴낸곳_ (주)디앤씨미디어
등록_ 2002년 4월 25일 제20-260호
주소_ 서울시 구로구 디지털로 26길 111 JnK디지털타워 503호
전화_ 02-333-2513(대표)
팩시밀리_ 02-333-2514
이메일_ lnovellove@naver.com
L노벨 공식 카페_ http://cafe.naver.com/lnovel11

SHINIMODORI, SUBETE O SUKUUTAME NI SAIKYO E TO ITARU Vol.2
by shiryu

ISBN 979-11-278-6498-9 04830
ISBN 979-11-278-5911-4 (세트)

값 9,500원

ⓒTaro Hitsuji, Asagi Tosaka 2021
KADOKAWA CORPORATION

옛 원칙의 마법기사 1~2권

히츠지 타로 지음 | 토사카 아사기 일러스트 | 송재희 옮김

「기사는 진실만을 말한다」
「그 마음에 용기의 불을 밝히어」
「그 검은 약자를 지키고」
「그 힘은 선을 지지하며」
「그 분노는— 악을 멸한다」
전설 시대 최강의 기사라고 평가받는 동시에 『야만인』이라는 이명을 가진 시드 블리체.
캘바니아의 젊은 「왕자」에 의해 부활한 남자는 마법기사 학교의 교관으로 부임한다.
창설자 기사의 이념을 이어받은 네 개의 교실 중에서
그가 배속된 곳은 공교롭게도 자신의 이름이 붙은 낙오 학급(클래스)인데…….
"너희 말이야, 기사로서 부끄럽지 않아? —일단 검을 버려."

최강의 기사는 야만인—. 새로운 「교관」 시리즈 개막!

NOVEL

라이트노벨의 새로운 빛! L노벨의 신간은 매월 10일에 발매됩니다. http://cafe.naver.com/lnovel11